EL AMIGO QUE NUNCA FALLA

JOSÉ LUIS NAVAJO

WHITAKER
HOUSE
Español

Editado por: Ofelia Pérez

EL AMIGO QUE NUNCA FALLA
CUENTOS PARA DORMIR QUE LES HARÁN DESPERTAR

ISBN: 978-1-64123-733-8
e-book ISBN: 978-1-64123-734-5
Impreso en los Estados Unidos de América
© 2021 por José Luis Navajo

Whitaker House
1030 Hunt Valley Circle
New Kensington, PA 15068
www.whitakerhouse.com
Por favor, envíe sugerencias sobre este libro a: comentarios@whitakerhouse.com.

1 2 3 4 5 6 7 8 9 10 11 ⨆⨆ 28 27 26 25 24 23 22 21

INTRODUCCIÓN

UNAS PALABRAS PARA MADRES, PADRES, ABUELOS Y TUTORES:

Gracias por haber adquirido este libro, estamos seguros que te hará pasar muy buenos ratos en familia.

Con ilusión y gran expectativa ponemos en tus manos este ejemplar de *Cuentos para dormir que les harán despertar.* Te animamos a leer cada día a tus hijos una historia que los enriquecerá y sembrará en sus corazones importantes y positivos principios y valores. Y si ya comenzaron a leer, por supuesto que también es una buena herramienta para que ellos mismos practiquen la lectura.

Estos relatos nacieron al calor de un sueño: que niños y niñas aprecien la Biblia y que la imagen de Jesús se forme en sus corazones.

Nuestro objetivo es que *Cuentos para dormir que les harán despertar* sea el primero de una serie de libros que llevarán a los niños a través de viajes apasionantes y los harán conocer porciones claves de la Biblia, que los ayudarán a amar la lectura y les mostrarán que la Palabra de Dios es el volumen perfecto, apasionante y transformador que jamás se halla escrito.

¡Gracias por tu confianza al adquirir este primer título!

Te presento a los personajes que nos harán vivir emocionantes aventuras:

+ Los papás: Pilar y Antonio

+ Los abuelitos: Mercedes y Tomás

+ Por supuesto, los encantadores, pero muy traviesos: Ana Belén y Javi

+ Y claro que no vamos a olvidarnos de los otros abuelos: Carmen y Juan, que aunque están en el cielo, siguen muy presentes en el corazón y en la memoria de toda la familia.

+ ¡Ah, casi lo olvido! El perrito Yakob, un cachorro de bulldog francés que te hará reír un montón.

DÍA 1

—¡Venga, papi! —Javi y su hermana estaban sentados sobre la alfombra—. ¡Ya estamos preparados para escuchar el cuento!

—¿Le toca a papá hoy? —preguntó Ana.

—¡Claro! —replicó Javi muy seguro—. ¿No recuerdas que el viernes fue mamá quien nos lo contó?

—Es verdad —admitió Ana Belén—. Ahora recuerdo que fue una historia muy emocionante.

Se detuvo a pensar unos instantes y luego dijo:

—Hasta me dio un poquito de miedo.

—Es que todavía eres muy pequeña —Javi puso el tono de voz que le gustaba usar para parecer adulto. Acababa de cumplir nueve años, pero se sentía mucho mayor que su hermana que tenía siete.

—Pues yo te miré y también tenías cara de miedo —replicó la niña bastante ofendida.

—¿Miedo yo? —Javi no estaba dispuesto a admitirlo—. Tú sueñas. Yo no tengo miedo de nada.

"¡Agh!", respingó el niño cuando algo le tocó la espalda, y del sobresalto cayó de espaldas. "¡Jajaja!", se partía de la risa su hermana. "¡Si solo ha sido Yakob, que puso su patita en tu hombro! Y dice que no le da miedo nada! Jajaja". El perrito también se había llevado un susto de muerte y miraba a Javi con la cabeza ladeada y las orejitas muy levantadas, como diciendo: *¿Qué le pasa a este chico? ¡Casi me mata del susto!*

—Yo sabía que era Yakob —dijo Javi, rojo como un tomate—. No me he asustado, solo gastaba una broma.

—¡Francisco Javier! —cuando su hermana lo llamaba por el nombre entero era porque se había enfadado—. No debes mentir. Mamá y papá siempre nos dicen que digamos la verdad. Te has llevado un susto y no pasa nada porque lo reconozcas.

—Vale, vale… ¡Bufff! —resopló Javi—. ¡Te pareces a mamá!

—Pues no me importa parecerme a mamá —replicó la niña que siempre hablaba con una seguridad que no parecía propia de su edad—. Además, me acuerdo que fue ella la que nos contó una historia sobre lo importante que era decir siempre la verdad. ¿No te acuerdas?

Javi se encogió de hombros y puso cara de no recordar nada. "Yo me acuerdo muy bien". Anita se rascó un poquito la cabeza y cerró los ojos para recordar todos los detalles:

Todos los duendecillos se dedicaban a construir dos palacios, el de la verdad y el de la mentira. Los ladrillos del palacio de la verdad se creaban cada vez que un niño decía una verdad, y los duendes de la verdad los utilizaban para hacer su castillo. Lo mismo ocurría en el otro palacio, donde los duendes de la mentira construían un palacio con los ladrillos que se creaban con cada nueva mentira. Ambos palacios eran impresionantes, los mejores del mundo, y los duendes competían duramente porque el suyo fuera el mejor.

—¡Ah! Ya lo recuerdo —dijo Javi.

—Bueno, pero déjame que termine de contarla —le pidió su hermana—. Porque me parece que de lo que no te acuerdas es de que no hay que mentir.

Los duendes de la mentira, mucho más tramposos, enviaron un grupo al mundo para conseguir que los niños dijeran más y más mentiras. Y como lo fueron consiguiendo, empezaron a tener más ladrillos, y su palacio se fue haciendo más grande. Pero un día, algo raro ocurrió en el palacio de la mentira: uno de los ladrillos se convirtió en una caja de papel. Poco después, otro ladrillo se convirtió en arena, y al rato otro más se hizo de cristal y se rompió. Y así, poco a poco, cada vez que en la tierra se iban descubriendo las mentiras que habían creado aquellos ladrillos, estos se transformaban y desaparecían, de modo que el palacio de la mentira se fue haciendo más y más débil, perdiendo más y más ladrillos, hasta que finalmente se desmoronó. Y todos, incluidos los duendes mentirosos, comprendieron que no se pueden utilizar las mentiras para edificar nada, porque nunca son lo que parecen y no se sabe en qué se convertirán.

—¡Madre mía! —exclamó Javi impresionado—. Lo has contado exactamente como nos lo dijo mamá. Hermanita, ¡tienes una memoria alucinante!

UN VERSÍCULO ANTES DE DORMIR

Dios no soporta a los mentirosos, pero ama a la gente sincera.

(Proverbios 12:22)

+ Decir mentiras nunca es bueno, porque las personas dejan de creer en ti cuando poco a poco las descubren.

+ Además, el que dice mentiras siempre está preocupado de que lo descubran. Lo mejor para vivir tranquilos es decir siempre la verdad.

DÍA 2

—¿Habláis de mí? —Pilar acababa de entrar al salón y se sentó sobre la alfombra, junto a los niños, al calor de la chimenea. Aunque ya era primavera, por las noches refrescaba mucho—. Estáis esperando por el cuento, ¿verdad?

—Sí, papá es un tardón —Javi seguía un poco enfadado por el susto que Yakob le había dado, y lo pagó con su padre—. ¿Cuándo va a venir a contarnos la historia?

—Tranquilos, niños —Pilar alborotó cariñosamente el cabello de su hijo—, papá está hablando con los abuelitos.

—Qué ganas tengo de verlos —dijo Ana con voz triste.

—Y yo también —se sumó Javi—. Hace muchísimo que no los vemos.

—Espero que prontito podamos visitarlos —Pilar estaba conteniendo las emociones—. Hay que protegerlos de este dichoso virus.

—Son tan cariñosos y nos cuentan las historias tan bien — Ana se había levantado y cogió el retrato de sus abuelitos Mercedes y Tomás, que estaba en la repisa de la chimenea—. ¡Muac y muac! —depositó un beso sobre cada uno de ellos. Javi también se había incorporado y tomó la fotografía de los otros abuelitos, Juan y Carmen.

—¡Muac, muac, muac! —plantó tres besos sobre el cristal y levantó la mirada como si hablase con el techo—. Aunque estéis en el cielo, seguro que podéis recibir los besos que os mandamos.

Pilar sintió que los ojos se le llenaban de lágrimas al ver el detalle de Javi. Los niños se acordaban mucho de sus abuelitos, que habían fallecido diez meses atrás a causa de la pandemia del COVID-19, y ella los recordaba aún más, por algo era su hija.

—¿Mami, estás triste porque los abuelitos se fueron al cielo? —preguntó Ana Belén, mientras se abrazaba a la cintura de su mamá.

—No estoy triste por eso, cariño —Pilar se agachó y abrazaba ahora a los dos niños—. Me alegra mucho saber que ellos están en el cielo, solo que los echo de menos.

—Sabes, mami, me estoy acordando de una historia que alguna vez nos contaste.

Imaginaste que era Ana quien hablaba, ¿verdad? Pues no, quien ahora recordaba el cuento de su mamá era Javi; comenzó a explicárselo a Pilar.

Había una vez un niño enfermo llamado Juan. Tenía una grave enfermedad, y los médicos aseguraban que no viviría mucho, aunque tampoco sabían decir cuánto. Pasaba los días en el hospital, triste por no saber qué iba a suceder, hasta que un payaso que deambulaba por allí y comprobó su tristeza, se acercó a decirle:

—¿Cómo se te ocurre estar así parado? ¿No te hablaron del cielo de los niños enfermos? Pues es el mejor lugar que se pueda imaginar, mucho mejor que el cielo de los papás. Dicen que es así para compensar a los niños por haber estado enfermos. Pero para poder entrar tiene una condición.

—¿Cuál? — preguntó el niño.

—No puedes entrar al cielo de los niños enfermos sin haber llenado el saco.

—¿El saco?

—Sí, sí. El saco. Un saco grande y gris como este —dijo el payaso mientras sacaba uno bajo su chaqueta y se lo daba—. Has tenido suerte de que tuviera uno por aquí. Tienes que llenarlo de billetes para comprar tu entrada.

—¿Billetes? Pues vaya. Yo no tengo dinero.

—No son billetes normales, chico. Son billetes especiales: billetes de buenas acciones; un papelito en el que debes escribir cada cosa buena que hagas. Por la noche un ángel revisa todos los papelitos, y cambia los que sean buenos por auténticos billetes de cielo.

—¡¿De verdad?!

—¡Pues claro! Pero date prisa en llenar el saco. Esta es una oportunidad única.

Cuando el payaso salió de la habitación, Juan se quedó pensativo, mirando el saco. Lo que le había contado su nuevo amigo parecía maravilloso y no perdía nada con probar. Ese mismo día, cuando llegó su mamá a verlo, él mostró la mejor de sus sonrisas, e hizo un esfuerzo por estar más alegre que de costumbre, pues sabía que aquello la hacía feliz. Después, cuando estuvo solo, escribió en un papel: "Hoy sonreí para mamá". Y lo echó al saco. A la mañana siguiente, nada más despertar, corrió a ver el saco. ¡Allí estaba! ¡Un auténtico billete del cielo! Tenía un aspecto tan mágico y maravilloso que el niño se llenó de ilusión; y el resto del día no dejó de hacer todo aquello que sabía que alegraba a los doctores y enfermeras, y se preocupó por acompañar a otros niños que se sentían más solos. Incluso contó chistes a su hermanito y tomó unos libros para estudiar un poquito. Y por cada una de aquellas cosas, echó su papelito al saco. Y así, cada día, el niño despertaba con la ilusión de contar sus nuevos billetes del cielo, y conseguir muchos más. Y aunque aun tuvo muchos días, nunca llegó a llenar el saco.

Juan, que se había convertido en el niño más querido de todo el hospital, en el más alegre y servicial, terminó curado del todo. Nadie sabía cómo. Unos decían que su alegría y su actitud lo habían curado a la fuerza; otros contaban que un par de ancianos millonarios a los que había animado mucho durante su enfermedad, habían pagado un costosísimo tratamiento para él. El caso es que todos decían la verdad, porque tal y como el payaso había visto ya muchas veces, solo había que poner un poquito de cielo cada noche en su saco gris para que lo que parecía una vida que se apaga, fueran los mejores días de toda una vida, durase lo que durase.

—Gracias por recordarme esa historia —dijo Pilar, mientras abrazaba a Javi.

—Sabes, mami —era Anita quien ahora hablaba—, yo creo que los abus están en el cielo de los niños enfermos. ¿Te acuerdas cómo jugaban con nosotros? Yo creo que eran como niños.

—Además —añadió Javi—, eran tan buenos que consiguieron llenar su saco; por eso fueron prontito al cielo.

Pilar volvió a abrazar a los pequeños, mientras una lagrimita se deslizaba por su mejilla.

UN VERSÍCULO ANTES DE DORMIR

Aprovechemos cualquier oportunidad para hacer el bien a todos.

(Gálatas 6:10 BLP)

+ En realidad nadie va al cielo por ser bueno, sino porque Jesús nos amó tanto que vino a la tierra para salvarnos.

+ Pero lo que sí es cierto es que Jesús se pone muy contento cuando ve que nos portamos bien.

+ Además, al hacer bien a los demás, nosotros mismos nos ponemos muy contentos y las personas querrán estar con nosotros. Ser bueno es como llenar nuestro corazón de alegría.

DÍA 3

—¡Hola chicos! —Antonio, el papá, había entrado por fin al salón—. ¡Qué calentitos estáis, sentados ante la chimenea! ¿Me hacéis un hueco?

Ana se hizo a un lado.

—¡Claro! Siéntate aquí, a mi lado, porfi.

—¡Yakob! —se quejó Javi al sentir las patitas del perro sobre sus piernas—. ¡Me estás pisando!

Pero el animalito no le hizo ni caso, sino que pasó por encima de Javi para ponerse sobre las piernas de Antonio que ya estaba sentado.

—¿Estáis preparados para escuchar algo muy importante?

—¡Claro! —gritaron los dos niños.

—¿Te refieres al cuento? —preguntó Pilar.

—Antes del cuento —sonrió Antonio—, tengo que daros una muy buena noticia: ¡nos han permitido ir a visitar a los abuelos!

—¿Estás seguro? —Pilar lo miraba con la duda dibujada en el rostro—. ¿Lo ha dicho el médico?

—¡Sí! ¡El médico lo ha autorizado! Anteayer les practicaron unas pruebas y han detectado ¡que están inmunizados contra el COVID-19!

—¿De verdad podemos ir a verlos? —los dos niños se habían puesto en pie por la sorpresa.

—¡Sí! —Antonio apenas podía contener la alegría; las poquitas lágrimas de emoción.

Pilar se levantó y abrazó a su marido.

—No imaginas cuánto me alegro —le dijo. Luego se acercó al retrato de sus padres, y sin poderlo evitarlo, se le escapó un sollozo mientras lo abrazaba y decía—: Al menos tus padres han podido hacerle frente a ese virus tan malvado.

—No llores, mamá —dijo Javi, mientras se abrazaba a las piernas de su madre—. El abu Juan y la abuelita Carmen están en el cielo, y seguro que están muy contentos de que podamos estar con los otros abus.

—Tienes toda la razón —Pilar se agachó y envolvió con sus brazos al niño. Luego miró a Antonio y le preguntó—: ¿Qué te parece si vamos a pasar el fin de semana con ellos?

—¡Sííí! —los dos niños gritaron de alegría—. ¡Porfi, papá, di que sí!

—Me parece una idea genial —admitió Antonio—. A mis padres les dará mucha alegría.

—¡Yupiii! —Javi se subió al sillón de un salto.

—¡Qué bien lo vamos a pasar! —aplaudió Ana Belén.

Los dos niños estaban locos de contentos. Se pusieron a saltar de alegría cuando supieron que se irían con sus papás a pasar un fin de semana en la casita que sus abuelos Mercedes y Tomás tienen en el campo.

UNA COSA IMPORTANTE ANTES DE DORMIR

Muy, pero muy prontito, en cuanto Ana y Javi estén en la casa de sus abuelitos, comenzarás a aprender el Salmo del Amigo que nunca falla. ¿Qué te parece si hoy lo leemos para que vayas conociéndolo? Verás que es muy bonito. Es algo parecido a una poesía que tiene seis estrofas, y dice así:

SALMO 23

Tú, Dios mío, eres mi pastor;
contigo nada me falta.
Me haces descansar en verdes pastos,
y para calmar mi sed
me llevas a tranquilas aguas.

Me das nuevas fuerzas
y me guías por el mejor camino,
porque así eres tú.
Puedo cruzar lugares peligrosos
y no tener miedo de nada,
porque tú eres mi pastor
y siempre estás a mi lado;
me guías por el buen camino
y me llenas de confianza.
Aunque se enojen mis enemigos,
tú me ofreces un banquete
y me llenas de felicidad;
¡me das un trato especial!
Estoy completamente seguro
de que tu bondad y tu amor
me acompañarán mientras yo viva,
y de que para siempre
viviré donde tú vives.

DÍA 4

—¡Voy corriendo a preparar mi maleta para ir a casa de los abuelos! —exclamó Ana.

—Ana, hija, todavía faltan cinco días —le recordó Pilar—; no es hasta el viernes que nos vamos.

—No importa, mamá —Ana, con sus siete años de edad, hablaba con tanta seguridad que parecía tener treinta y siete—. Prefiero prepararlo con tiempo, porque luego se me olvidan un montón de cosas.

—Pues yo no tengo ganas de preparar maletas —Javi sabía que no tenía que preocuparse de hacer equipaje, para eso estaban sus papás.

—Es muy tarde, Ana —le dijo Antonio—. Lo mejor que podemos hacer ahora es ir a descansar.

—Pero papá, ¿no nos vas a contar un cuento? —replicó Javi.

—De acuerdo —admitió Antonio—. Precisamente hoy recordaba un relato muy bonito, si quieren se los contaré.

—¡Bien! —los niños se acomodaron sobre la alfombra.

—¡Guau, guau! —Yakob, el pequeño perrito de raza bulldog francés, corrió tras ellos y se colocó justo en el centro, donde pudiera estar cerquita de todos.

—Pues vamos allá —dijo el papá, y enseguida comenzó su relato:

En el Gran Bosque había una bañera abandonada, dentro de esta vivían cientos de pequeños insectos. Era una simple bañera abandonada, pero resultaba un lugar perfecto para vivir, donde solo había que tener cuidado con el desagüe para que no quedara obstruido y una lluvia inoportuna los hiciera morir ahogados. Por eso los forzudos escarabajos eran los encargados de vigilar el desagüe y de quitar cualquier cosa que pudiera obstruirlo.

Pero una mañana, el desagüe amaneció taponado por una enorme sandía. ¡Qué tragedia! Era una fruta tan grande que ni el escarabajo más grande, ni los cinco escarabajos más grandes, ni siquiera todos los escarabajos juntos, pudieron apartarla de allí.

Los insectos más fuertes pusieron toda su energía en la tarea, pero no consiguieron nada. Los más listos aplicaron su inteligencia a encontrar soluciones, y tampoco tuvieron éxito. Finalmente, los más sabios comenzaron a organizar la huida. Y en medio de tantas penas, una ridícula hormiga extranjera que apareció por allí se atrevió a decir:

—¿Me dejan llevarme la sandía?

—¡Qué graciosilla! —replicó una mariposa.

Hicieron falta muchos insectos para calmar a los escarabajos e impedir que aplastaran a la chistosa hormiguita. Pero resultó que la hormiga no estaba bromeando, porque al final del día apareció acompañada por miles y miles de compañeras. Y en perfecto orden, cada una se acercó a la sandía y, comenzando por el lugar donde la enorme fruta estaba abierta a causa del golpe que se produjo al caer sobre la bañera, mordió su trocito y se lo llevó por donde había venido.

—¡Pero si así no avanzáis nada! —le dijo un saltamontes a una hormiga que paró un segundo a descansar—. La sandía está igual ahora que antes de que tomaras tu trocito.

—¿Segurrro? Humm… —respondió con un extraño acento, como si nunca lo hubiera pensado. Y, sin darle más importancia, retomó su marcha.

Pero algo debió hacer aquel trocito, porque solo unos días después no quedaba ni rastro de la gran sandía. Y desde entonces, muchas de las tareas más pesadas en el Gran Bosque se convirtieron en pequeñas tareas, que se hacían mejor poquito a poco y, desde luego, trabajando en equipo.

—¿Os ha gustado, chicos? —preguntó Antonio.

—¡Sí! —respondieron los dos a la vez.

—¡Guau, guau! —contestó también Yakob.

—Yakob dice que le ha encantado —explicó Javi.

—A mí me recuerda —dijo su papá— a lo que dice la Biblia en Eclesiastés.

—¿Eclesiastés? —preguntó Ana.

—Es un libro de la Biblia —intervino Pilar—, y allí dice: "Mejores son dos que uno". A que he adivinado la parte de Eclesiastés que pensabas citar —se dirigió la mamá al padre, al tiempo que guiñaba un ojo a Ana y Javi.

—Lo has adivinado —reconoció Antonio—. ¡Es muy bueno tener amigos que nos ayuden, y amigos a los que ayudar, claro!

—El cuento ha sido muy bonito —dijo Ana—. ¿Puedo hacer ahora mi maletita?

—Hemos dicho que mañana —recordó Pilar—. Así que, ahora, ¡a dormir y a soñar con los angelitos!

UN VERSÍCULO Y UN PENSAMIENTO ANTES DE DORMIR

¡No me pidas que te deje y que me separe de ti! Iré adonde tú vayas, y viviré donde tú vivas. Tu pueblo será mi pueblo, y tu Dios será mi Dios. (Rut 1:16 DHH)

+ En la historia de hoy hemos aprendido lo importante que es tener amigos y ayudarnos unos a otros.

+ El versículo de hoy nos muestra el ejemplo de una buena mujer llamada Rut, que decidió estar al lado de su suegra, Noemí, y ayudarla en todo lo que pudiera.

+ Dios nos enseña a ayudar a los demás. Pero además Dios nos promete que Él nos ayudará siempre. ¿Verdad que las dos cosas son muy bonitas?

DÍA 5

Ana Belén no se olvidó y al día siguiente, en cuanto llegó del colegio, dijo:

—¡Voy a preparar mi maleta!

—Un aviso importante —le dijo su papá con seriedad—: Solo estaremos fuera un fin de semana, preparad el equipaje justo, porque luego no hay forma de que entre todo en el coche.

—Tranquilo, papá, no te preocupes —dijo Javi.

—No eres tú quien me preocupa, hijo.

Unas horas después…

—Mamá —dijo Ana Belén—, ¿puedes darme otra maleta, por favor?

—¿Qué has hecho con la que te di?

—Ya está llena —explicó la niña—, es que me diste una mini maletita.

—Hija de mi alma… te di la maleta que usamos cuando salimos para estar un mes de vacaciones.

—Creo que te equivocas, mamá —dijo la niña muy segura de sí misma—, en la maletita que me has dado no entra casi nada.

—¡¿Que me equivoco?! —Pilar empezaba a ponerse nerviosa—. Vamos a ver tu equipaje.

—Esto no me lo pierdo —expresó Javi. Y Yakob también debió olerse que habría emociones fuertes, porque echó una carrerita y llegó a la habitación de Ana antes que nadie.

Cuando entraron al dormitorio, Pilar se llevó las dos manos a la cabeza. La cama estaba completamente cubierta de ropa y había cosas hasta por el suelo.

—Deja que te explique, mamá —dijo Ana al ver el gesto de su madre.

—Sí… —suspiró Pilar, y replicó—, explícame, por favor.

—Aquí hay cuatro pantalones largos.

—Ya los veo —repuso la madre—. ¿Sabes que un fin de semana solo tiene dos días? ¿Necesitas cuatro pantalones para dos días?

—Nunca se sabe lo que nos depara la vida —dijo la niña—. ¿Y si se rompe uno?, ¿y si se me mancha otro?, ¿y si se estropea la cremallera de otro? —Ana se quedó pensando y arguyó—: Creo que debería echar otros dos pantalones más.

—¡Ana Belén! —Pilar estaba enfadándose—. ¿Puedes explicarte mejor?

—Aquí he puesto cuatro jerséis.

Pilar iba a hablar, pero Ana se adelantó:

—Ya sé que en un fin de semana entran solo dos días, pero ¿y si se estropea un jersey? ¿Y sí…?

—No sigas, por favor… ¿qué más has echado?

—Tres camisetas de manga corta y cuatro pantalones cortos.

—Ana —intervino Javi alterado—, ¡yo creo que es demasiada ropa!

—¡Ya! —dijo la niña muy segura—, pero nunca se sabe. Aquí está el chándal y también el traje de baño.

—¡Ana Isabel!, te recuerdo que no es verano y que los abuelos viven en el campo, muy lejos del mar, no tienen piscina ni hay ningún río cerca.

—Ya lo sé, mamá, pero nunca se sabe.

—Muy bien, hija, ¿has terminado?

—Creo que sí, aunque… ¡espera! Se me ha olvidado echar un abrigo y el flotador que uso en la playa… ya sabes, mamá, nunca se sabe.

—Hasta aquí hemos llegado —irrumpió con firmeza Pilar, quien había estado haciendo muchos esfuerzos por contenerse. Sin embargo, con toda la tranquilidad que pudo, sacó lo que había en la maleta y le dijo—: Te voy a ayudar; llevarás esto, esto y esto… ¡ya está!

—¿Solo eso? —cuestionó Ana sorprendida al ver las cuatro cosas que su madre puso de equipaje.

—Solo eso —afirmó Pilar.

—¡Pero, mamá, nada más has dejado dos pantalones, dos jerséis, dos camisetas y un pijama!

—Es suficiente.

—Pero ¿no puedo llevar nada más?

—Nada más.

—Y si solo son dos días, ¿por qué tengo que llevar cuatro mudas interiores?

—Para que no huelas mal, y por si te pilla un coche y te llevan al hospital.

—Y si son solo dos días, ¿por qué tengo que llevar el cepillo de dientes, el jabón y el desodorante?

—Y si eres una señorita de casi ocho años, ¿por qué eres tan cochina?

—¡Ja, ja, ja! —rio Javi—. Te la estabas buscando y la has encontrado.

—¡Guau, guau! —ladró Yakob, quien parecía decir: *Y mi maletita, ¿quién la prepara?*

Ana se enfadó un poquito, pero enseguida se le pasó. ¡Era súper emocionante eso de ir a pasar un finde con sus papás y sus abuelitos! ¡Qué bueno era Dios que le había dado una familia tan buena! ¡Era magnífico sentir que formaba parte de un equipo tan fantástico!

UNAS COSITAS MUY IMPORTANTES ANTES DE DORMIR

+ Qué contentos se han puesto Ana y Javi al saber que se van a casa de sus abuelitos, ¿verdad?

+ Para Ana era muy importante saber que formaba parte de una familia, y es que todos necesitamos tener familia y también amigos. Pero, sobre todo, necesitamos recordar siempre que Dios es nuestro mejor amigo.

+ En los próximos días vamos a vivir unas aventuras súper emocionantes con nuestros dos amiguitos, pero en todas ellas hay una parte de la Biblia que nos va a acompañar. Se trata del Salmo 23, en donde descubriremos que nuestro mejor amigo, Dios, nunca nos falla y jamás nos deja.

+ ¿Qué te parece si, para empezar, **lees en tu Biblia el Salmo 23** antes de dormir? ¡Buenas noches y que descanses mucho!

DÍA 6

La semana pasó volando. Sin darse cuenta, ya estaban todos en el coche rumbo a la casa de los abuelitos.

—¿Cuánto queda para llegar? —preguntó Ana.

—Hace dos minutos te dije que quedaba una hora —contestó Antonio—, o sea que ahora queda una hora menos dos minutos.

—¿Vas a seguir preguntando lo mismo a cada ratito? —quiso saber Pilar—. ¿Por qué no intentas dormirte un rato?

—Desde que salimos de casa has hecho la misma pregunta veintitrés veces —se inconformó Javi—. Eres un poco pesadita.

—Pues tú eres más pesadito —replicó Ana.

—Yo no pregunto las cosas tantas veces como tú.

—Sí que preguntas las cosas tantas veces como yo.

—¡Ana Belén!, ¡Francisco Javier! —la paciencia de Antonio estaba llegando al límite—. Quiero que estéis en silencio el resto del viaje.

Y durante unos minutos, nadie habló; solo se escuchaba la respiración de Yakob que, como ocurre con todos los perritos de raza *bulldog* francés, respiraba muy fuerte. Al cabo de un rato, Ana levantó la mano

—¿Qué te pasa en la mano, Ana? —dijo interesada Pilar.

—Pido permiso para hacer una pregunta —respondió.

—¿Y para eso levantas la mano? Hija, que esto no es el colegio. ¿Qué pregunta quieres hacer?

—¿Cuánto queda para que lleguemos?

—¡Y van veinticuatro veces! —espetó Javi a Ana.

—¡Que no cuentes las veces que pregunto!

—¿Ves cómo eres muy pesadita?

—¿Ves como no soy pesadita?

—Sí, eres pesadita.

—Tú eres más pesadito.

—¡Dios mío, dame paciencia! —exclamó Antonio, llevándose las dos manos a la cabeza.

—¡Antonio! —gritó Pilar—. ¿Cómo se te ocurre soltar el volante del coche?

—Es que se me olvida hasta que estoy conduciendo… estos chicos pueden conmigo.

En ese momento Javi comenzó a cantar.

—¿Y por qué te pones a cantar ahora? —preguntó Antonio.

—Es que estás muy nervioso, y como dicen que la música amansa a las fieras… —le respondió.

—Cantas fatal —le dijo su hermana—. Como sigas cantando empezará a llover.

—Pues en el cole me dicen que canto como David Bisbal —presumió.

—¡Anda, vete, salmonete! Ya quisieras tú cantar como Bisbal.

Javi ignoró a su hermana y siguió cantando. Y mientras tanto, Yakob sollozaba.

—¡Mira! —exclamó Ana—. ¡Yakob se tapa la cabeza con las dos patitas! ¿Te das cuenta ahora de que cantas fatal?

Javi miró al perrito con cara de enfado.

—Eres un traidor —le dijo—, ahora te va a sacar a hacer pis quien yo te diga.

—Estoy recordando un cuento bastante bonito —comenzó a decir Antonio.

—¡Cuéntalo, porfi! —los dos niños dijeron al unísono.

—Lo contaré con la condición de que no vuelvas a preguntar cuánto queda para que lleguemos.

—Vale —admitió la niña—, no volveré a preguntarlo.

—Pues el cuento trata de algo que ocurrió en La pequeña ciudad de Chiquitrán. Allí llegó un día un tipo muy curioso que llevaba una gran maleta. Se llamaba Matito, y tenía una pinta totalmente corriente. Lo que lo hacía especial era que todo lo que hablaba, lo hacía cantando ópera. Daba igual que se tratara de responder a un breve saludo como "buenos días"; él se aclaraba la voz y respondía: "Bueeeeenos díííííías tenga usteeeeed". Y la verdad, a casi todo el mundo se le hacía bastante pesadito el tal Matito.

—Has visto, Ana, era pesadito, igual que tú —le chinchó Javi.

—Pues cantaba fatal, igual que tú —respondió ella.

—¡Niños!, dejadme que siga con el cuento.

Nadie era capaz de sacarle una palabra normal. Tampoco se sabía muy bien cómo se ganaba la vida, pues vivía bastante humildemente y utilizaba siempre su mismo traje viejo, de segunda mano; por tanto, a menudo lo trataban con desprecio, se burlaban de sus cantares y le llamaban "don nadie", "pobretón" y "gandul". Pasaron algunos años, hasta que un día llegó un rumor que se extendió como un reguero de pólvora por toda la ciudad: Matito había conseguido un papel en una ópera importantísima de la capital, y todo se llenó con carteles que anunciaban el evento. Nadie dejó de ver y escuchar la obra, que fue un gran éxito. Al terminar, para sorpresa de todos en su ciudad, cuando fue entrevistado por los periodistas, Matito respondió a sus preguntas muy cortésmente, con una clara y estupenda voz.

Desde aquel día, Matito dejó de cantar a todas horas, ya solo lo hacía durante sus actuaciones y giras por el mundo. Algunos suponían por qué había cambiado, pero otros muchos aún no tenían ni idea y seguían pensando que estaba algo loco. No lo hubieran hecho de haber visto que lo único que guardaba en su gran maleta era una piedra con un mensaje tallado a mano que decía: "Practica, hijo, practica cada segundo, que nunca se sabe cuándo tendrás tu oportunidad". Quién hubiera sabido que iba a actuar en aquella ópera solo porque el director lo oyó mientras compraba un vulgar periódico.

UN VERSÍCULO PARA ANTES DE DORMIR

Jesús dijo: "*Yo estoy con vosotros todos los días, hasta el fin del mundo*" (Mateo 28:20 LBLA).

+ ¿Verdad que es una promesa que nos da muchísima tranquilidad?

+ ¿Has pensado alguna vez que Dios está a nuestro lado, ayudándonos, a veces a través de las personas que tenemos cerca, como nuestros hermanos, papás, etc.?

+ El personaje de la historia llegó a ser un buen cantante gracias a que su papá le animó y le aconsejó que practicara siempre. Los consejos de nuestros papás son también una forma en la que Dios nos guía.

DÍA 7

—¿Veis cómo tengo que seguir cantando? —dijo Javi después de escuchar la historia—. Nunca se sabe cuándo llegará mi oportunidad; así que debo practicar mucho. La, la, la, la…

—¡No!, por favor —rogó Ana.

—¿Qué os parece si cantamos todos juntos? —sugirió Pilar para poner paz en el coche—. Cada vez elegirá uno la canción y todos los demás le acompañaremos.

—¡Vale! —dijeron los dos niños a la vez.

—Empiezo yo —dijo Antonio y comenzó a entonar una canción.

—¡Me la sé! —exclamó Javi. Y todos se pusieron a cantar.

—¡Ahora yo! —dijo Pilar.

Y así siguieron durante el resto del trayecto. Hasta Yakob se unió a ellos con pequeños aullidos. De ese modo el viaje se pasó volando y todos lo pasaron genial.

—¡Mirad, niños! —exclamó Pilar—, aquella de allí enfrente ¡es la casa de los abuelos!

—¿Ya hemos llegado? —dijo Ana—. ¡Qué pena!, con lo bien que lo estábamos pasando.

Cuando estuvieron más cerca, pudieron ver la forma de la casa.

—¡Qué casa más grande! —exclamó Javi al ver el enorme caserón—. Parece una mansión encantada.

La casa de los abuelos era una casa muy grande, pero bastante vieja. Las paredes eran oscuras y en algunas partes se había caído la pintura. Por muchos lugares había trepado la hiedra, lo que le daba un aspecto más misterioso todavía. Además, el terreno que rodeaba la casa estaba protegido por una verja de hierro negro y algo oxidado.

—Tienen la casa un poco estropeada —advirtió Antonio—. Ya son mayores y pasan largas temporadas sin habitarla. Tendré que quedar con ellos para hacer algunos arreglos.

—Parece un castillo misterioso —replicó Ana y sentenció—: Yo ahí no duermo.

—Bueno —dijo Pilar—, si lo prefieres puedes dormir en la calle.

—Vaaale, dormiré en la casa —respondió resignada Ana—, pero que Yakob duerma en mi habitación. Tú me cuidarás, ¿verdad, Yacob?

El coche avanzaba ahora muy despacio, por un camino de tierra que llegaba directamente a la puerta de la casa. Yakob sacó la cabecita por la ventanilla, miró la casa y se arrimó mucho a Javi.

—Guick, guick… —lloraba.

—Ya veo —dijo Antonio riéndose—, con Yakob en tu habitación estarás muy segura, Ana.

—Chicos —exclamó Pilar—, recordad que somos un equipo y Jesús es nuestro capitán. Mientras estemos todos juntos no hay que tener ningún miedo.

Pero lo cierto es que también a Pilar le infundía bastante respeto aquella casa de campo. Ninguno de los cuatro se imaginaba las emocionantes aventuras que vivirían durante ese fin de semana.

UN TRABAJITO PARA ANTES DE DORMIR

Hoy volveremos a leer el Salmo 23. El Salmo del Amigo que nunca falla.

+ "Mientras estemos todos juntos no hay que tener ningún miedo". Les dijo Pilar a sus hijos. Y también es verdad que mientras

Jesús esté con nosotros no hay que tener ningún miedo. Él nos cuida siempre y es como nuestro pastor.

+ ¿Puedes intentar memorizar el primer versículo de este salmo? ¿Verdad que es bonito? Además, ¡es muy fácil!

DÍA 8

—¡Hola, abuelitos! —en cuanto bajaron del coche, Javi y Ana corrieron a encontrarse con los abuelos, que les esperaban en la puerta de la casa.

—¿Qué tal están mis nietecitos favoritos? —la abuelita Mercedes los abrazó.

—¿Has oído, mamá? —dijo Ana muy orgullosa—. Ha dicho que somos sus nietecitos favoritos. ¿Ves cómo no somos tan malos?

—Me alegro mucho, hija —le dijo Pilar—. Pero no olvides que vosotros dos sois los únicos nietos que tienen.

—¡Pasad, pasad! —les dijo el abuelo.

—Abuelito, esta casa nos parece un poco misteriosa y nos da un poquito de miedo —confesó Ana.

—¿Miedo? —rio el abuelo—. No debéis tener miedo. Esta casa es el sitio más seguro que existe, porque en ella vive el Señor. Dios es su dueño y la cuida muy bien.

—A mí no me da miedo —replicó Javi—. Es que Ana todavía es muy pequeña. Como solo tiene siete años.

—¡Pues tú también eres pequeño, solo tienes nueve!

—Niños, no empecéis —pidió Pilar.

—¡Qué salón más chulo! —dijo Javi sorprendido cuando entraron—. Tiene un montón de ventanas y por todas se ve el campo.

—¡Ese cuadro es muy bonito! —dijo Ana al tiempo que señalaba una pared.

—¿Te refieres al de la niña con la ovejita en brazos? —preguntó la abuela—. A mí también me gusta mucho.

—¿Qué son las letras que tiene escritas? —quiso saber Ana.

—Es el Salmo 23 —respondió la abuela—. Nuestro salmo favorito.

—Nosotros lo llamamos El Salmo del Amigo que nunca falla — explicó Tomás.

—¿Me lo puedes leer, por favor? —pidió la niña.

La abuelita mantuvo la mirada en Ana y comenzó a recitar:

Jehová es mi pastor; nada me faltará.
En lugares de delicados pastos me hará descansar;
Junto a aguas de reposo me pastoreará.
Confortará mi alma;
Me guiará por sendas de justicia por amor de su nombre.
Aunque ande en valle de sombra de muerte,
No temeré mal alguno, porque tú estarás conmigo;
Tu vara y tu cayado me infundirán aliento.
Aderezas mesa delante de mí en presencia de mis angustiadores;
Unges mi cabeza con aceite; mi copa está rebosando.
Ciertamente el bien y la misericordia me seguirán todos los días de
mi vida,
Y en la casa de Jehová moraré por largos días. (Salmo 23 RVR 60)

—¡Hala! —exclamó Ana—. No lo has leído, sino que lo has dicho de memoria.

—¡Claro! —rio la abuelita Mercedes—. Me gusta tanto que me lo aprendí.

—¡Yo también quiero aprenderlo! —dijo Javi.

—¡Y yo! —se unió Ana entusiasmada.

—Pues en este fin de semana lo aprenderéis —aseguró el abuelito.

ANTES DE DORMIR TE RECOMIENDO QUE PIENSES EN ESTO

Este es mi mandamiento: Que os améis unos a otros como yo os he amado. (Juan 15:12 RVR 60)

+ Los abuelitos se pusieron muy contentos al recibir la visita de sus nietecitos.

+ Ruth ayudó en mucho a su suegra Noemí, cuando esta necesitaba ayuda y compañía.

+ Tus papás, tus abuelos, y otras personas que te quieren mucho, se sentirán muy contentas si les das un abrazo, les llamas por teléfono o de alguna manera les dices que los quieres. ¿Lo habías pensado?

+ ¿Qué te parece si mañana mismo lo haces?

DÍA 9

Comenzaron a subir las escaleras que conducían a los dormitorios.

—¡Qué oscuro está! —comentó Ana.

—Tienes razón —se disculpó el abuelito—. Se han fundido algunas luces, y como nos quedan tan altas, pues lo he ido dejando.

—Papá —dijo Antonio—, vendré unos días y te ayudaré a arreglar un poco esta casa.

—Gracias, hijo.

Era cierto que la subida a los dormitorios era muy oscura. Los niños iban muy cerquita de sus papás y Yakob iba muy cerquita de los niños. Las escaleras crujían a veces, y cada vez que ocurría, Yakob daba un respingo y gruñía.

—Bueno —comenzó a explicar la abuelita cuando llegaron arriba—, hay cuatro habitaciones. Esta es la nuestra; así que, niños, si os parece, en esta otra dormirán papá y mamá, y vosotros podéis ocupar las dos que hay al final del pasillo. Son las que mejor vista tienen; desde la ventana podréis ver todo el campo y las montañas.

—¡Guau, guau! —Yakob se sentó sobre sus patitas traseras.

—Creo que está preguntando que dónde dormirá él —explicó Javi.

—¿No podríamos dormir todos juntos en una habitación? —Ana tenía bastante miedo.

—No, Ana —dijo Antonio—. Pero haremos una cosa: dejaremos las puertas abiertas y será casi igual que dormir todos juntos.

—Vaaale —concedió la niña con poca seguridad y apeló—: pero que Yakob duerma conmigo.

—¡Guau! —Yakob saltó sobre la niña como si dijera: *¡Hola, compañera!*

—Parece que le gusta la idea —rió el abuelo—. Estoy seguro de que aquí dormirás muy bien, Ana. ¿Te has fijado en las vistas que hay desde la ventana?

Se asomaron y el paisaje era precioso.

—¡Qué bonito! —expresó Ana—. Se ven muchos árboles, mucha hierba y muchas flores.

—¿No te recuerda esto al Salmo del Amigo que nunca falla? —apeló el abuelito.

—Es que todavía no me lo sé —reconoció la niña, y su abuelo intervino.

—Pues hay una parte que dice: "En lugares de delicados pastos me hará descansar".

—Tienes razón, abuelito, este paisaje recuerda a ese salmo tan bonito.

ALGO MUY IMPORTANTE ANTES DE DORMIR

+ Bueno, pues seguramente ya sabes alguna parte del Salmo 23. Hoy quiero invitarte a que hagas dos cosas: la primera es que recites la parte del salmo que te sepas, aunque sean frases sueltas. No te preocupes, poco a poco lo irás memorizando del todo; lo segundo que puedes hacer es algo muy importante: orar.

+ ¿Te atreves a hacer una oración? No hace falta que sea muy larga; simplemente dile a Jesús que le das las gracias por ser tu buen pastor y cuidarte. ¿Verdad que es fácil? Pues tu amigo Jesús se pondrá contentísimo al escucharte.

DÍA 10

La cena se alargó muchísimo, debido a que el viaje les había abierto el apetito y los abuelos prepararon un montón de cosas deliciosas.

—Salgamos a tomar el fresco —sugirió la abuelita cuando hubieron terminado de comer.

Y allí estuvieron hasta muy tarde, aprovechando la temperatura tan ideal, charlando, jugando a las adivinanzas y hasta contando chistes.

—Abu —dijo Javi—, ¿por qué no nos cuentas una historia?

—Es un poco tarde para historias —sugirió Tomás—, ¿no os parece?

—No, abu, no es tarde —dijo Ana—. Anda, cuéntanos una historia.

—Está bien —cedió y se acomodó—, pero no será una historia inventada, sino que os voy a hablar de un pastorcito que vive en este pueblo y al que todos los vecinos queremos mucho.

—¿Un pastor? —interrumpió Ana—. ¿Cómo el del Salmo del Amigo que nunca falla?

—Exacto —celebró aplaudiendo la abuelita—, como el pastor del Salmo 23.

El abuelo comenzó:

Había una vez, un pastorcillo, Nino, que vivía en un pequeño pueblo al lado de una montaña, con verdes prados y un río muy caudaloso, que hacía de aquel pequeño pueblo un sitio encantador, no solo por la naturaleza que existía allí, sino por la amabilidad de los cien habitantes de este pequeño pueblo.

El pastorcillo siempre estaba con su rebaño de ovejas, su perro y su burrito. Todos los días, antes de que empezara a salir el sol, Nino, el pastorcillo, ya estaba listo para ir a su corral a ordeñar a las ovejas y cabras de su rebaño, para después salir a pastar al campo con ellas.

Nino, aunque ya era algo mayor, se pasaba todo el día fuera de su casa, y regresaba antes de que se hiciera de noche, tan cansado como su rebaño. Sin lugar a dudas, ser un pastor era una profesión muy sacrificada, pues se requería ser fuerte y estar en buena forma física, ya que es necesario pasar todo el día paseando a las ovejas por el campo y, además, ordeñarlas para tener leche y hacer quesos.

Nino era tan bueno, que casi todos los días, al ordeñar a las ovejas, sacaba más leche de la que necesitaba y la repartía entre toda la gente del pueblo, pues para él era una forma de dar las gracias a sus vecinos, que siempre le habían tratado muy bien. A veces, cuando llegaba de noche a su casa, Juan y Milagros, sus vecinos, le tenían preparada la cena, pues sabían que volvía muy cansado de estar todo el día fuera de su casa. Y así, todos y cada uno de los vecinos, le hacían sentirse más feliz. Nino, el pastorcillo, sabía que la gente del pueblo lo quería mucho, y que por eso él también debía quererlos y hacerles sentir bien con pequeños detalles.

—¡Qué bueno es Nino! —dijo Javi.

—Es cierto —reconoció el abuelo—. Es un hombre muy bueno y todos lo queremos mucho.

—¿Podremos verlo? —quiso saber Ana.

—Es posible —respondió Tomás—. Tal vez lo veamos a él y a sus ovejitas.

—¡Es tardísimo! —advirtió Pilar mirando el reloj.

—¡Un poquito más! Porfi, porfi, porfi… —insistió la niña, quien quería retrasar al máximo el momento de irse a dormir.

—Pues yo me muero de sueño —dijo Javi.

—Creo que debemos acostarnos —recomendó Tomás—, o mañana estaremos muy cansados.

—¿Os parece que hagamos una oración antes de ir a dormir? —sugirió Mercedes.

Fue muy bonito cuando se dieron las manos y juntos oraron. El abuelito dio gracias a Dios por poder estar todos juntos y por lo bien que se lo iban a pasar; luego pidió al Señor que los cuidara durante la noche y que tuvieran sueños muy bonitos.

—¡A dormir! —dijo Javi, quien caía de sueño.

UN VERSÍCULO PARA ANTES DE DORMIR

No os olvidéis de hacer el bien y de compartir con otros lo que tenéis. (Hebreos 13:16 cst)

+ En la historia del pastorcillo Nino, has visto que él repartía entre los demás todo aquello que tenía, así cómo los vecinos lo ayudaban también.

+ Es muy importante que aprendamos esta lección: cuando ayudamos a los demás y compartimos lo que tenemos, Dios se pone muy contento, los demás se ponen muy contentos y nosotros más contentos que nadie.

DÍA 11

Pronto estuvieron todos acostados y la mayoría dormía. Pero se levantó un viento que, al pasar entre las ramas de los árboles, provocó un sonido similar a un silbido.

—¿Oyes, Yakob? —se dirigió en voz baja Ana al perro—. ¿Quién estará fuera silbando?

—¡Guau! —de un salto Yakob subió a la cama, se metió debajo de la sábana y se acurrucó junto a los pies de Ana.

—Pues sí que tengo buena ayuda contigo.

La niña cerró sus ojitos con mucha fuerza, intentando que le viniera el sueño, pero ocurría lo contrario, cuanto más esfuerzo hacía para dormir, más despierta se notaba.

—¡Qué sed tengo! —comenzó a decir con la única intención de que alguien viniera a su habitación para no estar sola. Y como nadie venía, Ana lo decía cada vez más fuerte—. ¡Qué sed tengo!, ¡¡qué sed tengo!!

Por fin entró Pilar, traía un vaso con agua y bostezaba a causa del sueño.

—Toma —le dijo—. Bebe y duérmete, por favor.

La niña tomó un sorbito muy pequeño y dejó el vaso sobre la mesilla.

—¿Esa era toda la sed que tenías? —protestó Pilar—. Duérmete ya, hija, que mañana estarás cansadísima y no disfrutarás del día.

Otra vez quedó todo en silencio, y Ana comenzó de nuevo a sentir miedo.

—¡Qué sed tenía! —lo único que Ana quería era que alguien contestara o viniese a verla—. ¡Qué sed tenía!, ¡¡qué sed tenía!!

En esta ocasión fue la abuelita quién entró en la habitación.

—Tienes miedo, ¿verdad?

—Un poquito…

—¿Recuerdas el cuadro del salón? —le preguntó, sentándose junto a ella en el borde de la cama.

—¿El de la niña que llevaba en brazos a un corderito?

—Sí —dijo la abuelita—. ¿Sabes lo que más me gustó de ese cuadro? —no esperó a que Ana Belén respondiera—. Fue saber que Dios es como esa niña, y cada uno de nosotros somos como el corderito que está protegido en sus brazos —miró entonces a Ana con mucho cariño y le dijo—: Tú eres ese corderito y estás protegida por los brazos del Señor.

—¿De Dios?

—Sí; Él es el gran pastor que cuida de todos nosotros. Así que no debes tener ningún miedo.

—¡Gracias, abuelita! —y se incorporó un poco para poder abrazar a la abuela Mercedes.

—Ahora debes dormir —le dijo la ancianita con mucho cariño.

—Oye, abuelita, esas palabras que hay escritas en el cuadro y que sabes de memoria son muy bonitas; me han gustado mucho.

—¿Quieres que te las diga otra vez?

—Sí, por favor.

La abuelita comenzó a recitarle el salmo veintitrés. Lo hizo con una voz muy dulce y muy cerquita del oído de la niña, y cuando iba por la parte que dice: "el bien y la misericordia me seguirán todos los días…", ¡roooonck, roooonck! …, Ana se había quedado dormida como un tronco, y a su lado también roncaba Yakob.

Mercedes depositó un besito en la frente de la niña y se marchó a dormir ella también. De ese modo a Ana se le pasó todo el miedo, gracias a que supo que Dios es nuestro pastor, y el Amigo que nunca nos falla.

ANTES DE DORMIR PIENSA EN ESTO

El Señor es mi pastor; nada me faltará.   (Salmo 23:1 LBLA)

* ¿Sabes que Dios siempre te cuida?

* Él es un amigo muy bueno, pero es importante que nosotros también seamos muy buenos amigos con aquellos que nos necesitan.

* ¿Ya sabes el primer versículo de memoria? ¡Ánimo, intenta repetirlo!

DÍA 12

—¡A desayunar, niños! —llamó Pilar desde el pasillo—, el abuelito ha preparado chocolate con churros.

—¡Yuuupiii! —Javi bajó corriendo, seguido por Yakob, que ladraba dando los buenos días.

Todos estaban sentados alrededor de la mesa.

¿Todos?

—¿Dónde está Ana? —preguntó Pilar.

—Creo que duerme todavía —dijo la abuelita—. Se quedó tan tranquila anoche que ahora será difícil despertarla.

—Yakob —dijo Antonio—, ¿quieres ir a buscar a Anita?

—¡Guau! —el perrito subió corriendo, saltó sobre la cama de la niña y comenzó a lamerle la cara.

—¡Quita, cochino! —se quejó Ana.

—¡Guau, guau!

—Vaaale, ya bajo —se puso en pie y estiró muchísimo los brazos para quitarse la pereza—. Mmm, huele a chocolate y a churros —saltó enseguida de la cama, y sin quitarse el pijama bajó corriendo y dijo emocionada—. ¡Con lo que a mí me gusta el chocolate!

—¡Buenos días, bella durmiente! —saludó el abuelo cuando Ana entró al salón—. ¿Has dormido bien?

—Sí, ¡he dormido muy bien! —dijo, y se sentó en la silla que había libre, junto a la abuela Mercedes—. ¡Y tuve un sueño muy bonito!

—¿Qué fue lo que soñaste? —preguntó Antonio intrigado.

—Que nos cuente mientras desayunamos —pidió Javi—. Es que ya tengo un hambreee.

Después de hacer una oración para dar gracias a Dios por el nuevo día y por el desayuno, todos se pusieron a comer el delicioso chocolate y los churros.

—¡Está riquísimo! —se saboreó Javi.

—Límpiate la cara, hijo —le dijo Pilar al niño—, el chocolate te está escurriendo y ya te llega a la barbilla.

—Estoy deseando saber qué has soñado, Ana —insistió Antonio—. ¿Por qué no nos lo cuentas?

—Vale —dijo la niña—. Abuelita, cuando anoche me recitaste el Salmo 23, me entró mucha tranquilidad y enseguida me quedé dormida.

—Ya me di cuenta —sonrió la abuela—, como que te quedaste dormida antes de que terminara de recitarlo.

—¡¿De verdad?! —Ana no lo recordaba.

—Sí, pero no te preocupes, hija, lo importante es que el miedo se pasó y pudiste descansar.

—Pues el sueño que tuve era tan bonito que me ha dado mucha pena despertarme —afirmó—. Soñé que iba caminando por un prado muy verde, pero no era como ninguno de los prados que he visto. Este era preciosísimo.

—¡Hala! —dijo su hermano—. Has dicho preciosísimo, y esa palabra no existe.

—Pero es que ese prado era más que precioso, así que tiene que ser preciosísimo —decidió la niña—. Era de un verde como yo no pensé que pudiera existir; además había flores de todos los colores y olía… ¡Mmm! —la niña cerró los ojos inspirando por la nariz—; nunca he olido un perfume como ese. Yo sentía una paz muy grande y tenía ganas de reír y de cantar.

—Pero no cantes, porfa —la chinchó su hermano—, que no queremos que llueva.

Ana no le hizo caso, sino que siguió relatando su sueño.

—Entonces, de repente, me di cuenta de que no iba caminando, sino que alguien me llevaba en sus brazos… y la paz que sentí entonces era más grande todavía y quería reír, pero a la vez tenía ganas de llorar, y...

—¡Hala, estás llorando! —dijo Javi con sobresalto, pero estaba tan interesado en lo que su hermana contaba que hasta había dejado de comer churros.

—Es que fue un sueño tan bonito —dijo la niña mientras se enjugaba las lágrimas.

Sus papás y los abuelitos también estaban emocionados. Los ojitos de Pilar brillaban mucho y se limpió la nariz con una servilleta de papel.

—Yo creo —le dijo Mercedes, al tiempo que señalaba el retrato de la pared— que Dios es quien te llevaba en brazos y tú eras como ese corderito del cuadro.

—¡Claro! —de repente Ana lo comprendió todo. Se levantó de la silla y se acercó al cuadro—. Es lo que tú me dijiste anoche, abuelita: Yo era el corderito y Dios me llevaba en sus brazos, como en el Salmo 23. ¡Qué chuli! —exclamó.

—"El Señor es mi pastor, nada me faltará" —el abuelito Tomás había comenzado a recitarlo, continuó—: "en lugares de delicados pastos me hará descansar…". Ahí estuviste tú, hija, en los delicados pastos del Señor.

PENSEMOS EN EL SEÑOR ANTES DE DORMIR

En lugares de delicados pastos me hará descansar.

(Salmo 23:2 RVR 60)

+ ¿Sabes que esto significa que Él proveerá la comida que necesitas? Y significa, además, que lo que Él te da siempre es lo mejor, los pastos más delicados.

+ Dios no siempre nos da todo lo que pedimos, pero sí que nos da todo lo que necesitamos.

+ ¿Qué te parece si intentas recordar y decir cosas que Dios te ha dado? Te daré una pista. Por ejemplo: "Doy gracias por la cama que tengo para dormir". Ahora te toca agradecer a ti.

+ Por último: ¿quieres hacer una oración para darle gracias a Dios por tantos pastos delicados que Él te da?

DÍA 13

—Pues hablando de delicados pastos —dijo la abuelita—, tu sueño, Anita, me ha hecho recordar que hay una pradera preciosa aquí cerca. ¿Queréis que vayamos a verla?

—¡Sí, porfi! —rogó emocionada Ana—. A lo mejor es la pradera de mi sueño.

—Además, hoy hace un día radiante —comentó Pilar y señaló a la ventana—, ¡hay un sol maravilloso!

Después de recoger y fregar las cosas del desayuno, fueron todos a ver ese lugar.

—¡Qué bonito! —dijo Pilar.

—Tenías razón, mamá —dijo Antonio; puso su brazo en torno a los hombros de Mercedes y afirmó—: Este lugar es realmente bello.

—Sí —dijo Ana—, me encanta, pero el prado de mi sueño era más bonito todavía.

—¿Sabéis hacer la croqueta? —Javi se había tumbado en la hierba y se dejó caer, rodando por una pequeña pendiente—. ¡Soy una croqueta! —gritaba.

—¡Yo también quiero hacer la croqreta! —dijo Ana—. ¡Papá, ayúdame a hacer la croqreta, porfi!

—Se dice croqueta, Ana. Mira, te tumbas aquí y ¡a rodar! —Antonio la empujó y Ana rodó cuesta abajo; se partía de la risa.

—¡Guau, guau! —Yakob se puso patas arriba, se dio un pequeño impulso y también cayó rodando.

—Ja, ja, ja —reían los mayores.

—Yo voy más deprisa que tú —retó Javi a Ana—. ¿A que no me ganas?

Después de varios intentos en los que siempre ganó Javi, Ana se sentó en el suelo, un poquito desmoralizada.

—¡Soy el campeón del mundo! —gritaba Javi, bastante orgulloso—. No hay nadie que me gane. ¡Aquí hay una cuesta más grande! —exclamó al descubrir una pendiente más pronunciada—. ¡Papá, mamá, abuelitos, mirad qué deprisa bajo!

—Ten cuidado —advirtió la abuela—, en ese lugar suelen pastar vacas.

—No te preocupes abuelita —dijo Javi, bastante sobrado—, ¿no ves que ahora no hay vacas?

—Ya sé que ahora no hay, pero lo que me preocupa es el recuerdo que suelen dejar en la hierba.

—¿Recuerdo?, ¿qué recuerdo? —y sin esperar respuesta se puso a rodar—. ¡Mira lo deprisa que bajo!

—¡Javi, cuidado! —pero el niño ya giraba cuesta abajo. La abuelita se puso en pie y vio que iba directo a…

—¡Para, Javi, para, que estás a punto de llegar a…! —entre gritos las voces se confundían.

Demasiado tarde… ¡Chooofff!

Entonces, se escuchó un comunitario: ¡Agh!

Todos lo vieron y se llevaron las manos a la cabeza. Javi acababa de pasar rodando sobre un enorme excremento de vaca, pero él no se había dado cuenta. Al ver a todos puestos en pie, pensó que estaban admirándolo por haber girado tan deprisa.

—Os he dejado boquiabiertos, ¿verdad? —dijo mientras metía sus dos manos en los bolsillos— ¿No me habéis sacado una foto? Pero ¿por qué os tapáis la nariz? ¿Por qué os estáis riendo?

Hasta Yakob se alejó corriendo y lloriqueando: ¡Guick, guick!

—No —dijo Ana—, ahora sí que estoy segura de que este prado no es como el de mi sueño.

Todos rieron… Bueno, todos menos Javi que estaba un poquito enfurruñado. El abuelo Tomás se sentó a su lado y le dijo:

—"En lugares de delicados pastos me hará descansar" —y añadió riendo—: Menos mal que nuestro amigo Dios nos lleva a praderas verdaderamente verdes y sin sorpresas de este tipo.

ANTES DE DORMIR

- ¡Vaya problema que tuvo Javi en la pradera! Pero un poquito sí que se lo merecía, ¿verdad?

- Hoy queremos volver a recordar que Dios es como un pastor que nos lleva a pastos muy delicados.

- No olvides nunca que Dios te cuidará. Pero tú también tienes que estar dispuesto a cuidar de los demás y ayudarles, como hizo Rut con Noemí, ¿recuerdas?

¡No me pidas que te deje y que me separe de ti! Iré adonde tú vayas, y viviré donde tú vivas. Tu pueblo será mi pueblo, y tu Dios será mi Dios. (Rut 1:16 DHH)

DÍA 14

—¡Mirad! —llamó Pilar, que estaba observando desde la ventana—. Allí abajo hay un rebaño de ovejas.

—¡Es Nino! —dijo Tomás—. El pastor del que os hablé anoche.

—¡Qué bonitas son las ovejas! —exclamó Javi—. ¿Podemos bajar a verlas?

—¡Claro que sí! —dijo el abuelo—. Así conoceréis también a Nino.

Enseguida todos estuvieron rodeados por las ovejitas.

—Huelen un poco raro —Ana se tapaba la nariz.

—Las ovejas huelen así —explicó Mercedes—. Pero ya verás como enseguida te acostumbras.

—¡Aquí hay un corderito pequeño! —Javi se había agachado y lo acariciaba. ¡Beee! ¡Beee! —. Ja, ja, ja, me está diciendo cositas —estaba feliz.

—¿Puedo cogerlo en brazos? —pidió Ana.

Nino se aproximó y puso al corderito en los brazos de Ana Belén.

—¡Soy como la niña del cuadro! —gritó de alegría.

Antonio se fijó en una oveja que se movía con dificultad; cojeaba de una de sus patitas traseras.

—¿Qué le ocurre? —quiso saber.

—Hace unos días se empeñó en alejarse del rebaño —explicó el pastor— y cayó en un pequeño precipicio. Se hizo daño en una de las patas.

—¡Pobrecita! —lamentó Ana—. ¿Tuviste que bajar por ella?

—No fue necesario que yo bajara, logré sacarla con esto —Nino mostró algo parecido a un bastón muy largo y con uno de los extremos curvos.

—¡Hala! —Javi se acercó para observarlo—. ¿Cómo hiciste para sacarla con esto?

—Pasé esta parte curva bajo sus dos patitas delanteras y tiré de ella hacia arriba. Así la saqué.

El abuelito tomó el bastón de Nino y explicó:

—Esto se llama cayado.

—¿Callado? ¿Se llama callado porque no puede hablar y siempre está callado? —bromeó Ana.

—No —explicó Tomás—. Se llama cayado, pero no con dos "l", sino con "y griega". ¿Sabéis que esto también viene en el Salmo del Amigo que nunca falla?

—¿De verdad? —preguntó Javi intrigado—. ¿Qué es lo que dice?

—"Tu vara y tu cayado me infundirán aliento". Porque Dios, igual que hace el pastor con el cayado, nos rescata cuando caemos en algún lugar del que no podemos salir.

—¿Si me caigo a un hoyo Dios viene a sacarme? —Ana no acababa de comprenderlo.

—No solo eso —explicó Mercedes—, sino que cuando estás en un problema al que no ves salida, Dios se acerca a ti y te ayuda.

MEDITEMOS EN EL SALMO DEL AMIGO QUE NUNCA FALLA

Tu vara y tu cayado me infundirán aliento. (Salmo 23:4 RVR 60)

+ Bueno, hoy nos hemos adelantado un poquito en el salmo, pero es que como nos hemos encontrado con Nino, pues…

+ La parte del salmo que hoy vimos nos enseña que cuando tenemos algún problema el pastor nos ayuda. Puede ser un problema en el colegio, en casa; puede ser que estemos malitos o que algo no nos salga bien.

◆ ¿Has aprendido a pedirle a Dios ayuda cuando tienes algún problema? ¿Nunca lo has hecho? ¿Qué te parece si lo haces hoy?

◆ Piensa en algún problemita que tengas y cuéntaselo al Señor. Él es tu pastor que con su cayado te ayudará.

DÍA 15

—¿Por qué hay unas cuantas ovejas que rodean a la que está herida? —preguntó Javi.

—Esas ovejitas son las más inteligentes del rebaño y se les llama "ovejas guía" —comentó Nino—; rodean a la que está herida para evitar que vuelva a alejarse del rebaño y también para cuidarla.

—Claro, es una forma de protegerla —afirmó Antonio—. Saben que necesita ayuda y la rodean para cuidarla. ¡Qué prodigioso es el instinto animal!

—¿Tú también cuidas de las ovejitas enfermas? —preguntó Javi a Nino.

—¡Claro! —replicó el hombre—. Cuando nos movemos siempre voy a su lado. No llevo al rebaño más rápido de lo que la oveja herida puede caminar y a veces tengo que llevarla en brazos.

—¿Tú también eres como la niña del cuadro?

—¿Cómo la niña del cuadro? —Nino no comprendía a qué se refería Javi, pero se acercó a un árbol, arrancó algunos brotes verdes y se los acercó a la oveja herida—. También la alimento de forma especial, para que se recupere pronto. Estos brotes del árbol son muy nutritivos; pero no puedo darles a todas las ovejas, pues son demasiadas, solo lo doy a la que está enferma.

—¡Tú eres un buen pastor! —le dijo la niña.

—Intento serlo —Nino se encogió de hombros—. Ellas confían en mí y no les puedo fallar.

—"El Señor es mi pastor, nada me faltará" —era Javi quien ahora lo recitaba—. "En lugares de delicados pastos me hará descansar".

—Esas palabras son muy bonitas —reconoció el pastor.

—Es el Salmo del Amigo que nunca falla —dijo Ana.

—Pues es fantástico que haya amigos así —dijo el buen hombre—. Bueno, creo que es tiempo de que nos vayamos.

—¡Adiós, corderito! —Ana y Javi lo acariciaron y luego fueron a buscar a la oveja herida—. ¡Adiós, ovejita! Ojalá cures pronto de tu patita.

Se quedaron observando cómo Nino ponía en movimiento al rebaño. Se situó junto a la oveja herida y se alejaron caminando.

UN VERSÍCULO PARA ANTES SE DORMIR

¡No me pidas que te deje y que me separe de ti! Iré adonde tú vayas, y viviré donde tú vivas. Tu pueblo será mi pueblo, y tu Dios será mi Dios. (Rut 1:16 DHH)

+ Bueno, seguro que este versículo ya te lo sabes de memoria.

+ ¿Te ha gustado ver cómo Nino ayudaba a la oveja herida? Ya sabes que esa ovejita es un ejemplo de nosotros, y Nino es un ejemplo de Dios, que es nuestro pastor.

+ Pero ¿qué te parece que las otras ovejas también cuidaban a la que estaba malita? ¿verdad que es bonito?

+ En estos días estamos aprendiendo dos cosas muy importantes:

  » El Salmo 23 nos enseña que Dios es nuestro mejor amigo y nos cuida.

  » La historia de Rut y Noemí nos enseña que nosotros debemos ser amigos de los demás y ayudarles.

DÍA 16

"El Señor es mi pastor, nada me faltará" —Ana, sentada en la pradera, intentaba recitar de memoria el salmo que tanto le había gustado—. "En lugares de delicados pastos me hará descansar" —se rascó la cabeza intentando recordar—. ¿Cómo sigue?, ¡Jo, no me acuerdo!

Su abuelita se acercó a ella para darle ayuda.

—Lo siguiente que dice el salmo es...

—¡No, espera, no me lo digas! —le pidió Ana—. Ya casi me acuerdo... lo tengo en la punta de la lengua.

—¡Qué paisaje tan bonito se ve desde aquí! —exclamó Antonio—. Colocaos todos ahí, que voy a sacar una fotografía.

—¿Aquí estamos bien? —preguntó Pilar.

—Un poco más a la derecha —dudó un instante—. No, mejor un poco a la izquierda. Esperad, estoy pensando que en este otro lado hay mejor vista.

Un buen rato después...

—¡Jo, papá! —reclamó Javi—. Llevamos diez minutos moviéndonos adelante y atrás, a la derecha y a la izquierda, ¿Cuándo nos vas a sacar la foto?

—Javi tiene razón —dijo la abuelita Mercedes—. Hijo, tengo los juanetes que me duelen un horror. ¿Por qué no nos sacas ya la dichosa foto y así podré sentarme?

—Ya casi está, a veeer... Es que quiero sacar una fotografía perfecta. ¿Podéis moveros un poco hacia...?

—¡¡Nooo!! —respondieron todos a la vez.

—Bueeeno —replicó Antonio—, pues me echaré yo un poco para atrás.

Se movió dos pasos y volvió a enfocar la cámara.

—Un poquito más para atrás y…

De repente, desapareció.

—¿Eh? ¿Dónde se ha metido este muchacho? —replicó Mercedes—. Mira que le he dicho que me duele el juanete y ahora va y se marcha.

Al segundo siguiente se escuchó:

—¡¡Sssplaaasss!!

Todos corrieron hacia el lugar donde Antonio había desaparecido y lo vieron que se había caído a un arroyo; allí estaba, sentado en el agua, con todo el pelo escurriéndole por la cara y con una pequeña ramita en lo alto de la cabeza.

—Ja, ja, ja —todos se partían de la risa.

—¡Ya me acuerdo! —dijo Ana—. ¡Ahora sí lo recuerdo!

—¿De qué te acuerdas? —preguntó Antonio mientras salía del agua.

—¡Ya me acuerdo de cómo sigue el salmo!: "Junto a aguas de reposo me pastoreará".

—Ja, ja, ja, —el abuelito Tomás se tronchaba de la risa—. Aguas de reposo, como esas en las que tú has reposado, hijo.

—Muy graciosos —replicó Antonio—. Pero qué graciosos…

—¡Mira, papá! —Javi se agachó—. La cámara cayó fuera del agua…, espera, no te muevas… —el niño tomó la cámara y…— ¡Clic! ¿Ves cómo no hace falta complicarse tanto para hacer una foto?

Todos se acercaron a ver la fotografía, y reían con ganas al ver a Antonio, que lucía gesto de enfadado, todo el pelo pegado por la cara y con la ramita todavía en la cabeza.

UN TRABAJITO PARA ANTES DE DORMIR

Junto a aguas de reposo me pastoreará.   (Salmo 23:2 RVR 60)

+ ¡Qué risa con Antonio! Al final se cayó al agua y no pudo sacar la foto.

+ Pero Anita y el abuelo aprovecharon el accidente para mencionar las aguas de reposo del Salmo 23.

+ ¿Sabes que esas aguas de reposo nos hablan nuevamente de que Dios suple nuestras necesidades? Los pastos y el agua son muy necesarios para las ovejitas. Por eso el pastor las llevaba a pastar a las praderas que estaban cerquita de algún arroyo.

+ Bueno, pues eso mismo es lo que hace Dios con nosotros. ¿Verdad que es muy bueno?

+ Tengo un trabajito para ti, antes de que vayas a dormir. ¿Serás capaz de recitar los dos primeros versículos del Salmo 23? ¡Venga, ánimo! ¡Seguro que te saldrá muy bien!

DÍA 17

—¿No notáis a Yakob un poquito decaído? —preguntó Pilar, al tiempo que se agachaba junto al perrito—. ¿Qué te pasa, Yakob?

El animalito se tumbó en el suelo.

—¡Güick! —y cerró los ojitos.

—¿Estará malito? —se preocupó Ana.

—No creo que le pase nada —tranquilizó el abuelo Tomás.

—Pero lo noto triste —insistió la niña—. ¿Seguro que no está malito?

—No tiene por qué estar malito —dijo Mercedes—. ¿Tú nunca te has sentido triste?

—Yo sí he estado triste alguna vez —reconoció Javi—. En esos momentos lo que más me ayuda es tener amiguitos que me escuchen y me muestren su cariño.

—Pues vamos a jugar con él —dijo Ana Belén—. Vamos a darle mucho cariño para que no esté triste —se agachó y comenzó a hacerle cosquillas en la barriguita. Enseguida el perrito se tumbó sobre el lomo y puso las patitas para arriba.

—¡Mira! —dijo Javi—. ¡Parece que está sonriendo!

—¿Ves lo importante que es tener amigos que nos ayuden? —dijo el abuelito.

—Y también es muy importante ser amigo —apuntó la abuela—. Ayudar a los que están decaídos.

—¿Dios también nos ayuda cuando estamos tristes? —preguntó Javi.

—También —respondió Tomás—. Claro que sí.

—El Salmo 23 lo dice —recordó Pilar.

—¿Lo dice el Salmo del Amigo que nunca falla? — replicó Ana.

—Sí —afirmó la madre—. Dice así: "Confortará mi alma".

—Pero confortar mi alma no es que nos ayude cuando estamos tristes —replicó la niña—. No tengo ni idea de qué será eso tan raro de confortar, pero no es que nos ayude cuando estamos tristes.

—Sí, Ana —explicó la madre—, confortar es dar ánimo y consuelo al que lo necesita. Cuando una persona está triste y decaída, y te acercas para animarla, eso es confortar.

—Pues qué raro; vaya palabrita esa de confrotar.

—Con-for-tar —corrigió Antonio con énfasis en cada sílaba—. Se dice con-for-tar.

—¡Guau, guau! —Yakob se había puesto en pie y echaba carreritas alrededor de los niños, como invitándolos a jugar.

—¿Has visto qué bien he confortado a Yakob haciéndole cosquillitas en la barriga? —dijo Ana muy contenta y echándose a correr detrás de Yakob.

PIENSA EN ESTO ANTES DE DORMIR

Confortará mi alma, me guiará por sendas de justicia por amor de su nombre.　　　　　(Salmo 23:3 RVR 60)

+ ¡Pobrecito Yakob! Estaba triste. Pero qué bien que Ana lo ayudó, ¿verdad?

+ Eso se llama *confortar*. ¿Verdad que es una palabra un poquito rara?, pero su significado es muy bonito: "Dar fuerza y energía a una persona que se ha cansado o debilitado mucho". También significa: "Dar consuelo y ánimo a una persona para que resista en las dificultades".

+ Ana no sabía pronunciar bien la palabra confortar. ¿Qué tal te sale a ti? A ver, intenta decir la frase completa: "Confortará mi alma". ¡Muy bien! ¡Ya sabes otra parte del Salmo del Amigo que nunca falla!

+ Lo importante es que sepas que Dios te anima cuando estás triste. Porque Él es un amigo que siempre está a tu lado. ¿Qué te parece si oras y le das gracias a Dios por estar siempre junto a ti?

+ ¡Buenas noches!

DÍA 18

El abuelito se quedó mirando cómo Javi y Ana jugaban con Yakob.

—¡Qué bonito es verlos jugar a los tres! Son excelentes amigos.

—Qué importante es tener amigos, ¿verdad? —dijo Pilar.

Pronto llegó Ana, se sentó en la hierba, al lado de los abuelitos y los papás, y resopló.

—¡Buuufff! Estoy cansadísima. Yo creo que Yakob se ha quedado demasiado confortado, porque ahora no hay quien lo pare.

—¿Sabéis que al ver cómo jugabais los tres me acordé de un bonito cuento que habla de tres amigos?

—¡Cuéntalo, porfi, porfi, porfi! —rogó la niña—. ¡Javi, Yakob! ¡Venid, que el abuelo nos va a contar una historia superchuli!

Javi corrió a sentarse junto a su hermana y también Yakob, que parecía haber entendido lo que dijo la niña; se sentó muy cerquita del abuelo, le miró y…

—¡Guau, guau!

—Dice que empieces, abu —explicó Javi—, que tiene muchas ganas de escuchar la historia.

—Muy bien, pues…

Había una vez un cuento vacío. Tenía unas tapas excelentes y muy bien decoradas, pero todas sus hojas estaban en blanco.

—¿Un cuento sin nada escrito? ¡Qué raro! —replicó Ana.

Claro, y por eso, niños y mayores lo miraban con ilusión y corrían a abrirlo, pero cuando lo veían, al descubrir que no guardaba ninguna historia, lo abandonaban en cualquier lugar.

—¡Pobrecito cuento! —lamentó Javi.

No muy lejos de allí, un bonito tintero seguía lleno de tinta desde que hacía años atrás su dueño lo dejó olvidado en una esquina. Tintero y cuento, cada uno por su lado, lamentaban su mala suerte, y así se pasaban sus días.

—Abu, ¡me da mucha pena lo del tintero y el cuento vacío! —dijo Ana. El abuelo prosiguió el relato.

Pero, espera, que la historia no acaba ahí, porque en una ocasión, de pura casualidad, un niño abandonó el cuento muy cerquita de donde estaba el tintero. Tintero y cuento se vieron y comenzaron a hablar.

—¡Qué bien! —exclamó Javi—. ¿Y se hicieron amigos?

Se hicieron muy buenos amigos y compartieron sus desgracias durante días y días…

—¡Qué bien! —se alegró Ana—. Y así confortaron sus almas.

Bueno, en realidad no se estaban confortando, sino más bien quejándose, y así habrían seguido durante años de no haber caído a su lado una elegante pluma de cisne, que en un descuido se había soltado en pleno vuelo. Aquella era la primera vez que la pluma se sentía sola y abandonada, y lloró profundamente, acompañada por el cuento y el tintero, que se sumaron a sus quejas con la facilidad de quien llevaba años lamentándose día tras día.

—¡Jo!, pues sí que estaban todos tristes —replicó Javi—. Abu, nos estás contando una historia un poco triste…

Esperad, que ahora llega la mejor parte de la historia, porque la pluma, al contrario que sus compañeros, se cansó enseguida de llorar y quiso cambiar la situación. Al dejar sus quejas y secarse las lágrimas, vio claramente cómo los tres, si se ponían de acuerdo, podían hacer algo más que lamentarse y llorar.

Convenció entonces a sus amigos para escribir una historia. El cuento puso sus mejores hojas, la tinta no se derramó ni un poquito y la pluma puso montones de ingenio y caligrafía para conseguir una preciosa historia de tres amigos que se ayudaban para mejorar sus vidas.

—¡Hala! —exclamó Javi—. Esto sí que me está gustando…

—¡Claro! —comprendió Ana—. Cuando dejaron de quejarse y decidieron hacer un equipo todo cambió.

Así es, y entonces pasó por allí un joven maestro que estaba pensando cómo conseguir la atención de sus alumnos, y descubrió el cuento y a sus amigos. Al leerlo, quedó encantado con aquella bonita historia, y recogiendo a los tres artistas, siguió su camino a la escuela. Allí contó la historia a sus alumnos, y todos se mostraron atentos y encantados.

Desde entonces, cada noche, pluma, tintero y cuento se unen para escribir una nueva historia para el joven profesor; se sienten muy contentos y alegres de haber sabido cambiar su suerte gracias a su esfuerzo y colaboración.

—¡Qué historia tan bonita! —dijo Ana.

—Sí, es preciosa —afirmó Javi—. Al principio parecía triste, pero luego me ha encantado.

—Ya lo veis —comentó Antonio—. Cuando hacemos amigos y decidimos ayudarles, salen cosas muy bonitas.

¿HAS PENSADO ALGUNA VEZ EN ESTO QUE JESÚS DIJO?

Ya no los llamo siervos, porque el siervo no sabe lo que hace su amo. Los llamo mis amigos, porque les he dado a conocer todo lo que mi Padre me ha dicho. (Juan 15:15 DHH)

+ Jesús tenía amigos como tú y como yo. Por eso hasta lo invitaron a una boda.

+ Jesús ayudaba a sus amigos, porque los quería mucho.

+ Tú eres un amigo de Jesús, y Él te quiere muchísimo.

DÍA 19

—Después de comer, visitaremos unas grutas que hay aquí cerca —comentó el abuelo.

—¿Grutas? ¿Qué son grutas? —preguntó Ana.

—Las grutas son cuevas —explicó Pilar.

—Sí —afirmó el abuelito—. Se trata de unas cuevas que tienen pasadizos muy largos.

—¡Me gusta! —replicó Javi—. Tiene que ser muy emocionante.

—¿No será un poco peligroso? —dijo Pilar con cierta duda.

—No te preocupes —la tranquilizó Mercedes—. Tomás las conoce muy bien.

—Además —añadió él—, solo visitaremos la entrada; no nos introduciremos por los pasadizos.

—¿Por qué? —se quejó Javi—. A mí me gusta recorrer los pasadizos.

En cuanto terminaron de comer, recogieron y se dispusieron a salir.

—Yo prefiero quedarme aquí —comentó Pilar—. Me apetece sentarme a leer un rato.

—Me quedaré contigo —dijo Mercedes—. Yo ya conozco esas cuevas.

Así que mientras Pilar y Mercedes se sentaban a leer a la sombra de un árbol, ellos se marcharon a visitar las cuevas.

—Las descubrí el otro día cuando paseaba por el monte —explicó Tomás mientras caminaban—. Deben ser muy antiguas y son realmente profundas.

—Pero tenemos que visitar los pasadizos —insistió Javi—. Seguro que son muy emocionantes.

—Mirad —el abuelito señaló a la ladera de un pequeño monte—, desde aquí se ve la entrada de la cueva.

—¡Es verdad! —exclamó la niña—. Yo la veo.

—Sí —dijo Javi—. Yo también la veo. ¡Vengan, vamos a subir!

Ascendieron por la ladera del monte y enseguida estaban junto a la entrada de la cueva.

—¡Hala!, ¡sí que parece grande, no se ve el fondo! —Javi estaba asomado a la gruta.

—¡Mirad! —el abuelito señaló a un lado—. ¡Es un conejo!

Efectivamente, un pequeño conejito caminaba cerca de ellos, pero Yakob lo vio y corrió tras de él. El animalito, asustado, echó a correr y se introdujo en la cueva.

—¡Se ha metido en la cueva! —gritaron los niños.

Lo malo es que Yakob no estaba dispuesto a que el conejito se escapase, así que corrió tras él, entrando en la gruta.

—¡Yakob! —Javi lo llamó a gritos—. ¡Sal de ahí!, ¿me oyes?, ¡ven aquí ahora mismo!

Pero Yakob no parecía oírlo; o si lo oía, decidió no hacerle caso porque no salió de la cueva. Los ladridos del perro fueron oyéndose cada vez más lejos… hasta que dejaron de oírse.

—¿Qué hacemos ahora? —preguntó Ana muy asustada.

—Deberíamos entrar por él —dijo Tomás.

—Sí —admitió Antonio—. Tenemos que pasar a buscarlo. Pero escuchadme bien, iremos todos juntos, sin separarnos ni un poquito. De ese modo no nos ocurrirá nada.

Fueron internándose en la gruta uno a uno en fila. Delante iba Tomás, que ya conocía la cueva, y muy cerquita de él Javi y Ana; Antonio iba al último para evitar que los niños quedasen rezagados.

—¡Qué oscuro está! —Ana agarró la mano de su papá con mucha fuerza—. ¿Cómo vamos a saber el camino si no vemos nada?

—¿Recuerdas el salmo del amigo que nunca falla? —preguntó el abuelo.

—Sí, pero no dice nada de cuevas —comentó la niña.

—Pero dice: "Me guiará por las sendas rectas". ¿No crees que Él puede guiarnos aquí adentro?

—¿Dios está con nosotros también en esta cueva? —quiso asegurarse Ana.

—¡Claro que sí! —afirmó el abuelito—, pero de todos modos traje una linterna —la encendió y…

—¡Qué bien! —exclamaron los dos niños a la vez—. Ahora podemos caminar mejor.

—Es bueno tener una linterna —dijo Antonio—; pero mejor todavía es saber que el amigo que nunca falla está aquí, con nosotros.

Pero el abuelito, al notar que estaban introduciéndose mucho en la cueva, comenzó a inquietarse mucho. Él nunca había llegado tan adentro, y estaba bastante preocupado.

UN VERSÍCULO PARA ANTES DE DORMIR

Me guiará por sendas de justicia por amor de su nombre.

(Salmo 23:3 RVR 60)

+ Esta es la parte que hoy han aprendido Javi y Ana. Pero ya has visto que Ana lleva mucho tiempo intentando aprenderse este bonito salmo de memoria.

+ ¿Quieres aprenderlo tú también? Vamos a hacer una prueba, ¿hasta dónde lo sabes?

+ ¡Venga, vamos a intentarlo!

El Señor es mi pastor; nada me faltará.
En lugares de delicados pastos me hará descansar; junto a aguas
de reposo me pastoreará.
Confortará mi alma; me guiará por sendas de justicia por amor
de su nombre.

+ ¿Qué tal te ha salido? ¿Ya lo vas aprendiendo? ¡Ánimo, que seguro muy prontito lo dirás todo de memoria!

DÍA 20

Siguieron introduciéndose en los pasadizos, que parecían no tener fin.

—¡Yakob! ¡Yakob!...

Llamaban de vez en cuando. Y a lo lejos, al fondo de la cueva, se oía la repetición del nombre del perro: "Yakob... Yakob... Yakob...".

—¡Hay otros niños allí adentro! —gritó Ana—. ¡Y también llaman a nuestro perrito! ¿Nos lo querrán quitar?

—No —rió Antonio—. Lo que escuchamos es el eco. Es nuestra voz que rebota en las paredes de la cueva y se oye repetida.

—¡Qué raro! —replicaron los niños.

—Estamos alejándonos demasiado —repuso el abuelo, muy preocupado—. Nunca me introduje tanto en esta cueva, y lo malo es que hay distintos pasadizos que van en diferentes direcciones. Tenemos que estar muy atentos para recordar el camino de vuelta.

—¡Oh, no! —replicó el padre al notar que la luz de la linterna empezaba a fallar.

—La pila se está gastando —dijo el abuelo—. Tenemos que salir de aquí antes de que se apague del todo.

—¿Salir sin Yakob? —replicó Javi—. ¡No! ¡No podemos dejar a Yakob aquí adentro!

—Iremos por otra linterna y regresaremos —comentó Antonio.

—¡No! —Javi estaba decidido a no salir de allí sin su perrito. Por eso volvió a llamarlo—. ¡Yakob, Yakob!

Pero el animalito no respondió, y la luz de la linterna se apagó definitivamente.

—Tengo miedo —dijo Javi.

—Yo también —confirmó Ana.

—El Salmo del Amigo que nunca falla dice —recordó Antonio—: "Aunque ande en valle de sombra de muerte no temeré mal alguno, porque tú estarás conmigo".

—¿Esto es un valle de muerte? —dijo la niña más asustada todavía.

—Lo que el salmo quiere decir —le explicó su papá—, es que, aunque estemos en momentos o lugares muy oscuros, como por ejemplo esta cueva, no debemos tener miedo, porque Dios está con nosotros.

—Papá tiene razón; no os preocupéis; saldremos de aquí enseguida —pero en la voz del abuelo se notaba preocupación—. Daos la mano y avancemos por aquí.

Un buen rato después…

—¿No deberíamos haber llegado ya a la salida? —preguntó Antonio—. Creo que hemos recorrido un tramo muy grande y ya deberíamos estar fuera.

Pero el abuelo no contestó, lo cual preocupó bastante a Ana y a Javi.

—¿Nos hemos perdido? —quisieron saber los niños.

—"Aunque ande en valle de sombra de muerte no temeré mal alguno" —repitió el abuelo mientras avanzaban—, "porque tú estarás conmigo…".

—¿De verdad que Dios puede estar aquí con nosotros? —quiso saber Javi.

—Dios nunca nos deja solos —afirmó el abuelo.

—¿Y por qué no nos saca de aquí? —preguntó el niño.

—Descuida, que Él nos sacará —Tomás no tenía la menor duda.

Entonces…

—¡Guau! —escucharon a lo lejos.

—¡Yakob, Yakob! —ahora eran los cuatro quienes llamaban al perrito.

Un momento después, Yakob estaba saltando a su alrededor y dando ladridos de alegría.

—¿Es vuestro este perrito?

Todos pudieron escuchar la pregunta, sin embargo, no vieron a nadie.

—¿De dónde ha venido esa voz? —preguntó el abuelo.

—¿Este perrito es vuestro? —volvieron a escuchar.

PIENSA EN ESTO ANTES DE DORMIR:

Hoy voy a contarte un secreto que nunca antes he escrito.

¿Estás preparado para oírlo?

¡Pues ahí va!

De pequeño le tenía muchísimo miedo a la oscuridad… La noche no me gustaba nada, y aunque tuviera mucho sueño nunca quería cerrar los ojos. El miedo a no ver nada me hacía temblar mucho y no entendía por qué tenía que existir la noche.

Una noche mi abuelita, al verme temblando, comenzó a hablarme:

—¿Has visto lo bonita que es la Luna? Pues solo puede salir a saludar si el Sol se va a dormir. Además, la noche está llena de amigos.

¿Amigos en la noche?—pregunté.

Sí, por ejemplo, el sabio búho que todo lo ve, el grillo cantarín, los gatos revoltosos…

Pero lo que terminó de convencerme fue cuando mi abuelita me recordó…

—Durante la noche Papá Noel, los Reyes Magos y el Ratoncito Pérez viven sus grandes aventuras.

A partir de entonces la noche dejó de asustarme.

Un día, después de cenar, cuando afuera ya estaba muy oscuro, mi abuelita me sacó al patio y me dijo:

¡Mira hacia arriba!

¡Qué cielo más bonito!—grité al ver brillar muchísimas estrellas.

Dios enciende esas luces para que veas que la noche es muy bonita.

Así que, amiguita o amiguito, no le tengas miedo a la oscuridad, porque hay cosas preciosas en ella

Aunque ande en valle de sombra de muerte no temeré mal alguno, porque tú estarás conmigo.   (Salmo 23:4 RVR 60)

- ✦   ¡Qué miedo están pasando Ana y Javi! Pero a pesar de todo están tranquilos, porque saben que Dios está allí con ellos. ¿Verdad que es muy bueno saber que Dios nos ayuda siempre?

- ✦   Es muy importante saber que Él está con nosotros. Pero aún así, debemos evitar alejarnos de los papás cuando estamos en algún lugar un poquito peligroso. ¿Te has fijado que Antonio y Tomás les han insistido mucho en que deben ir todos juntos? Es muy importante que cuando estás por la calle, o en un parque, o en algún sitio fuera de casa, no pierdas de vista a aquellos adultos con los que vas.

DÍA 21

—¿Este perrito es vuestro? —volvieron a escuchar.

Debido a la oscuridad de la cueva, podían escuchar la voz, pero no veían a quien hablaba.

—¿Quién está ahí? —preguntó el abuelo.

—¿Quién ha hablado? —indagó también Antonio.

Ana y Javi se acercaron mucho a su papá y se quedaron pegaditos a él.

—Soy yo —la voz volvió a escucharse.

—¿Quién eres y dónde estás? —preguntó Antonio con la voz muy firme—. Acércate para que podamos verte.

Enseguida todos pudieron ver una sonrisa… solo eso: una brillante sonrisa en la que una dentadura blanquísima resplandecía en la oscuridad de la cueva. El abuelo Tomás entendió lo que pasaba.

—¡Claro! —rió—. Nuestro amigo que nos habla tiene la piel negra, por esa razón no lo vemos, sin embargo, podemos ver su agradable sonrisa.

—¡Aquí estoy! —el visitante había llegado ya junto a ellos y ahora podían intuirle a pesar de la oscuridad. Efectivamente, se trataba de un niñito de piel negra.

—¡Por eso no te veíamos! —rieron todos—. Porque tu piel es muy oscura y se confundía en la negrura.

—Estaba recorriendo la cueva y me encontré con este perrito —dijo el niño—. ¿Es vuestro?

—Sí —dijo Antonio—. Se llama Yakob. Por cierto, ¿tú sabes cómo salir de aquí?

—¡Claro que sí; seguidme! —dijo. Y echó a andar muy deprisa.

—¡Espera! —pidió el abuelo—. No corras tanto o nos perderemos otra vez.

Minutos después, estaban todos afuera y muy contentos.

—¡Muchísimas gracias! —dijeron todos al niño.

—¡Adiós! —y el muchacho se alejó corriendo.

—¡Buuuff! —resopló Antonio—. ¡Menuda aventura!

—Pero ¿veis como Dios nos ha sacado? —dijo Tomás.

—No nos ha sacado Dios, abu —repuso Javi—, nos ha sacado ese niño.

—Pero yo creo que ese niño es un ángel que Dios ha enviado para guiarnos.

—¿Un angelito negro? —preguntó extrañada Ana.

—¿Por qué no? —inquirió el abuelo—. Dios no hace distinción por el color de la piel. Y tú tampoco deberías hacerla.

—¡Yo tengo dos amiguitos en el cole que tienen la piel negra! —dijo Javi.

—Eso está muy bien —aplaudió Antonio—. El color de la piel no tiene ninguna importancia. Lo importante es el color del corazón.

Nada más llegar a casa, Javi y Ana corrieron a ver a su mamá y a la abuelita:

—¡Nos hemos perdido en la gruta! —contó Javi.

—¡Y hemos estado en las sombras de la muerte! —agregó Anita.

A partir de ahí, los dos hablaban sin parar y de forma desordenada.

—Y la cueva gritaba, ¡Yakob… Yakob… Yakob! —dijo uno.

—Y la linterna se apagó y el valle de la muerte vino —dijo el otro.

—Y apareció un niño, pero como era negrito no apareció... bueno, sí apareció, pero con el valle de sombra de muerte no se le veía ni un poquito —y decía uno...

Pero Dios mandó un angelito negro y nos sacó de la cueva —y decía el otro...

Y de la sombra de muerte... —no paraban de contar lo vivido entre los dos. Mercedes y Pilar no sabían si reír o llorar, hasta que Antonio y Tomás les explicaron qué había ocurrido y entonces captaron la dimensión de la aventura.

—¡Dios mío! —Pilar estaba asustada—. ¡Habéis estado en verdadero peligro! Ya sabía yo que no era buena idea eso de la cueva.

—No te preocupes, mamá —la tranquilizó Ana—. El amigo que nunca falla estuvo con nosotros en las tinieblas de la muerte.

—El valle de sombra de muerte —corrigió Javi.

—¿Qué os parece —sugirió Tomás—, si le damos gracias a Dios por habernos ayudado en esta aventura?

Todos se dieron la mano y agradecieron al Señor por haberlos cuidado en la gruta.

—Y Señor, gracias también por los que son diferentes a nosotros... porque pueden ser nuestros amigos y ayudarnos —terminó orando Ana.

UNA COSA MUY IMPORTANTE ANTES DE DORMIR

Si no tratáis bien a las personas que son distintas, estáis haciendo el mal.   (Santiago 2:9, versión libre)

+   ¿Te acuerdas de que Jesús fue a la boda de sus amigos? Una pregunta: ¿En qué les ayudó Jesús en esa boda? Yo creo que hubo algunas personas a quienes les pareció raro que Jesús fuera a la boda; pero Él demostró que era su amigo, y no le importaba que los demás fueran distintos de Él.

+ También en la historia de hoy hubo alguien que ayudó a nuestros amiguitos a salir de la cueva, ¿verdad? Y era un poco diferente a ellos, ¿a que sí?

+ Menos mal que estaba ese niño para guiarles en el camino de salida. ¿Te has fijado que ese niño era muy distinto a ellos, y sin embargo se pudieron hacer amigos y Dios lo usó para ayudar a Javi y Ana?

+ Es muy importante ser amigo de los demás, sin que nos importe su color de piel, ni que hablen con palabras diferentes a las nuestras. A Dios le gusta que seamos amigos de los demás sin hacer de lado a nadie.

DÍA 22

—¡Javi, Ana! —los llamó Pilar—. Poned la mesa, por favor, que vamos a cenar.

Ana lo escuchó, pero estaba jugando con Yakob.

—Javi, porfi, pon la mesa tú, que yo estoy jugando.

—Y yo estoy leyendo un tebeo que está superdivertido.

Así que ninguno de los dos hizo caso a su mamá, y cuando Antonio y ella salieron de la cocina con la cena, se encontraron la mesa indispuesta.

—¿Me podéis explicar por qué no habéis puesto la mesa? —preguntó Pilar enfadada.

—No te oí —mintió Ana.

—Ni yo —añadió Javi—. Es que lo dijiste tan bajito.

—¿Qué fue lo que dije bajo?

—Eso de "¡Javi, Ana! Poned la mesa, por favor, que vamos a cenar".

—Y si lo dije tan bajo que no pudisteis oírme, ¿por qué sabes exactamente lo que dije?

—¡Hala! —dijo Ana muy bajito—, nos ha pillado.

—Lo que habéis hecho está muy, pero muy mal —dijo Pilar muy enfadada—. No solo habéis desobedecido, sino que además habéis mentido. Eso está muy mal —volvió a repetir.

Antonio lo había visto todo y también estaba triste y enfadado por lo que los niños habían hecho.

—Lo siento mucho —dijo—, pero tendremos que poneros algún castigo por lo que acabáis de hacer.

—Pero ¿te acuerdas del Salmo del Amigo que nunca falla? —dijo Ana—, el buen pastor quiere mucho al corderito, y lo cuida… y yo soy ese corderito.

—Sí, pero ¿sabes lo que dice ese salmo también?: "Tu vara y tu cayado me infundirán aliento". ¿Y sabes que la vara era para corregir a la oveja cuando se empeñaba en hacer lo que no debía? —insistió la mamá.

—¿El pastor castigaba a las ovejitas?

—Sí, las castigaba cuando eran desobedientes o cabezotas.

—¿Y yo he sido desobediente y cabezota? —preguntó Ana.

—Los dos os habéis portado muy mal —repitió Pilar.

—Pues eso de la vara no me gusta ni un poquito —refunfuñó Ana—; ya no me gusta tanto el Salmo del Amigo que nunca falla.

—Cuando el pastor corrige a la oveja siempre lo hace por su bien —intervino Antonio—, para evitar que caiga en peligros o que los animales del bosque le hagan daño.

—Y si nosotros os aplicamos alguna disciplina siempre es por vuestro bien —añadió Pilar—. Porque os queremos mucho y deseamos que aprendáis.

Mercedes y Tomás habían asistido en silencio a toda la escena, y ahora el abuelo decidió intervenir.

—Vuestros papás os quieren muchísimo. Y si os corrigen es porque os aman. La vara y el cayado son totalmente necesarios para las ovejas.

Javi y Ana terminaron por comprender que sus papás los corregían porque los amaban mucho. Al final todos cenaron muy bien. Y después de la cena se quedaron tomando el fresco y charlando hasta bastante tarde. Cuando ya iban a dormir, la abuelita pasó a despedirse de Ana.

—Buenas noches, hija. ¿Tendrás miedo esta noche?

—Creo que no, abuelita.

—¿Quieres que te recite el salmo?

—Ya casi me lo sé de memoria —respondió la niña con mucha seguridad.

—¿Ah, sí? ¡Qué bien! Pues recuérdamelo tú, por favor.

—El Señor es mi pastor, nada me faltará. En lugares de delicados pastos me hará descansar. Junto a aguas de reposo me pastoreará. Confrotará mi alma…

—Confortará, hija, se dice confortará.

—Me guiará por sendas de justicia por amor de su nombre. Aunque ande en valle de sombras de muerte no temeré mal alguno, porque tú estarás conmigo —aquí se detuvo un rato y luego dijo—: ¿Sigues tú, abuelita?

—Tu vara y tu cayado me infundirán aliento —siguió la abuela, y preguntó—: ¿Se te había olvidado esa parte?

—No se me había olvidado, pero es que esa parte no me gusta —reconoció—. Buenas noches, abuelita.

—Buenas noches, hija. Te quiero muchísimo. Que descanses.

VAMOS A PENSAR ANTES DE DORMIR

Tu vara y tu cayado me infundirán aliento. (Salmo 23:4 RVR 60)

+ ¡Vaya, parece que esta parte de la vara no le ha gustado a Ana! Sin embargo, es una parte muy importante. Si el pastor no corregía a la oveja, esta caía en muchos peligros, o se alejaba del rebaño y las fieras del campo la mataban.

+ Cuando Jesús fue a la boda de sus amigos y estos se quedaron sin vino. ¿Recuerdas cuáles fueron las palabras de María a los que servían en la boda? Te las voy a recordar. María les dijo: "Haced todo lo que Jesús os dijere". Es decir, para que ocurriera el milagro fue necesario obedecer a Jesús.

- También es importante que nosotros obedezcamos; y cuando no obedecemos es bueno que seamos corregidos.

- ¿Te han corregido alguna vez tus papás? ¿Cómo lo has tomado? ¿Sabes que ellos te corrigen porque te quieren mucho?

DÍA 23

—¡Felicidades!

Mercedes y Tomás se quedaron sorprendidos cuando, al levantarse el domingo, descubrieron el salón decorado con globos, muchos de ellos con forma de corazón y algunos carteles que decían "FELIZ ANIVERSARIO".

—¡Hoy hace cuarenta y cinco años que os casasteis! —gritó Ana Belén corriendo hacia ellos y los abrazó.

—¡Qué bien que os seguís queriendo un montón! —exclamó Javi.

—¡Feliz aniversario! —también Pilar y Antonio los abrazaban con mucho cariño.

—Muchas gracias —Mercedes estaba muy emocionada—. No pensé que os acordaríais de nuestro aniversario.

—¡Claro que nos acordamos! —dijo Pilar—. Y ahora tenéis que cerrar los ojos y dejar que os llevemos fuera.

Los abuelitos cerraron los ojos y se dejaron guiar. Javi tomó la mano de Tomás y Ana la de Mercedes, y los guiaron hasta el jardín.

—¡No abráis los ojos todavía! —pidió Antonio—. ¡Una, dos y treees! ¡Ahora!

Los abuelitos abrieron los ojos y…

—¡Ooooh!

Ante ellos apareció una mesa muy bien decorada. En el centro había unas flores preciosas, y alrededor de las flores velas de diferentes colores, todas encendidas. Por toda la mesa había corazones de papel, y sobre los platos unas servilletas decoradas también con corazones. Por supuesto que no faltaba un suculento desayuno a base de tortitas, pastel, café y chocolate.

—¿Qué sorpresa más bonita! —Tomás estaba emocionado, y los ojitos de Mercedes brillaban mucho.

—Gracias, hijos —dijo Mercedes—. No olvidaremos nunca esta sorpresa.

—Aderezas mesa delante de mí…

—¿Cómo dices, abu?

—El Salmo del Amigo que nunca falla habla de algo parecido a esto —dijo el abuelo—: "Aderezas mesa delante de mí…".

—¿Por qué dice enderezas mesa? —preguntó Ana—, ¿es que estaba torcida?

—No dice enderezas, sino aderezas —explicó Antonio—. Y quiere decir preparas la mesa.

—Qué de sorpresas tan bonitas nos está dando el Señor en este fin de semana —dijo la abuelita.

—¡Y todas vienen en el Salmo del Amigo que nunca falla! —replicó Ana—. ¡Hay que ver qué de cosas tiene ese salmo tan bonito!

Enseguida estaban todos disfrutando del suculento desayuno.

—¡Riquísimo! —decía Javi comiendo las tortitas—. Esto está riquísimo.

—Pues anda, que el pastel —respondió Ana—, ¡mmm!, este pastel de zanahoria está para caerse de espaldas.

—¿Para caerse de espaldas? —rio la abuela—. ¡Qué expresión más curiosa!

—¿No te gusta, abu? —preguntó Ana—. Estás muy callado.

—Ef que… —comenzó a hablar.

—¿Qué te pasa en la boca? —preguntó Pilar alarmada.

—Ef que fe me ha caifo la fentafura en el focolate…

—Pero abuelito, ¿qué te pasa? —Ana se asustó al ver la cara del abuelito, con los labios metidos hacia adentro—. ¿Por qué tienes la boca tan rara?

—Ja, ja, ja, —la abuela se reía porque entendió lo que había pasado—. Dice que se le ha caído la dentadura dentro de la taza con chocolate.

—Ja, ja, ja —ahora se reían todos, menos el abuelo. Con la cucharilla logró sacar la dentadura y esta quedó en el aire, escurriendo chocolate sobre la mesa.

—Pero ¿qué haces, Tomás? —lo regañó la abuela—. Pareces un niño. Anda. Ve al baño a colocarte la dichosa dentadura.

—¡Ya está! —dijo cuando regresó—. Estaba disfrutando tanto de las tortitas y el chocolate caliente que mordí con demasiada fuerza y, ¡hala, todos los dientes fuera!

—Abu —intervino Ana—. ¿El Salmo del Amigo que nunca falla también tiene algo de esto de los dientes?

—No, hija —dijo riéndose—. Pero me quedo con lo de "aderezas mesa delante de mí".

MEMORICEMOS UN POCO ANTES DE DORMIR

Aderezas mesa delante de mí en presencia de mis angustiadores.
(Salmo 23:5 RVR 60)

+ ¡Qué risa con el abuelo!, ¿verdad?

+ Bueno, hace unos cuantos días que no ejercitamos la memoria con el Salmo 23. Creo que será bueno que intentemos ver hasta dónde nos acordamos.

+ Recítalo de memoria hasta donde sepas. Que no te importe si solo es un versículo, o tal vez dos. Lo importante es que intentes memorizar algo.

+ Y, por supuesto, lo más importante no es solo recordar el salmo, sino ¡recordar que Dios es nuestro pastor que nos guarda y nos cuida!

+ ¿Qué te parece terminar el día con una oración en la que des gracias a Dios por cuidarte siempre?

DÍA 24

Ana estaba sentada a la sombra de un árbol. A su lado, y en unas sillas, estaban Tomás y Mercedes. La niña leía el Salmo del Amigo que nunca falla e intentaba aprenderlo de memoria: "En presencia de mis angustiadores".

—"… en presencia de mis angustiadores…". ¿Qué son angustiadores? —preguntó al leer esa palabra tan extraña.

—Bueno —Tomás lo pensó un poquito y buscó las palabras que mejor pudiera entender su nieta—. Los angustiadores son esas personas que nos complican la vida, que se meten con nosotros y nos dan problemas.

—¡Ah!, entonces los angustiadores son Nacho y Susana.

—¿Nacho y Susana? —preguntó Mercedes.

—Son compañeros de colegio —intervino Javi.

—¿Por qué dices que ellos son los angustiadores?

—Porque siempre se meten conmigo y no me dejan tranquila ni un poquito. Esos son los angustiadores.

—Pero ¿tanto se meten contigo? —preguntó Tomás a Ana.

—Me quitan el bollo que me llevo para el recreo, me dan empujones y a veces hasta me tiran los libros al suelo. Son unos verdaderos angustiadores.

—¿No se lo has dicho a tus papás? —lo que Ana contaba preocupó al abuelito.

—No. Nunca le di mucha importancia.

—Pero ¿ellos siguen molestándote? —inquirió Mercedes.

—Mucho —respondió la niña; y los ojitos se le llenaron de agua—. En casi todos los recreos me hacen llorar, ya me han roto algunos libros, y casi siempre me quitan lo que me llevo para comer en el patio.

—¿Por qué no se lo dijiste a tus papás? —insistió Tomás—. Debiste habérselos dicho.

—Yo se lo he dicho un montón de veces —contestó Javi—. ¿A que sí, Ana? ¿A que te he dicho muchas veces que se lo cuentes a papá y a mamá?

—Es que no quiero preocuparlos —Ana agachó su cabecita mientras lloraba.

—Tus papás se preocuparán mucho más si saben que tienes un problema y no se lo cuentas —dijo cariñosamente el abuelo—. Bueno, ahora estate tranquila. Ahora se lo diremos y ya verás cómo enseguida todo se arregla.

—Claro que sí —afirmó Mercedes—. Lo resolverán enseguida, y algo que nunca debes olvidar es que Dios te cuida, te guarda, y te ayudará delante de los que quieren molestarte. Eso es lo que significa "Aderezas mesa delante de mí, en presencia de mis angustiadores".

La niña se quedó mucho más tranquila, y en ese momento llegó Pilar.

—¿Sabes, mamá? —comentó Ana—. Ya está resuelto lo de mis angustiadores.

—¿Cómo? —Pilar no comprendía.

—Sí, mamá, lo de los angustiadores de mi cole; Nacho y Susana. El abuelito, la abuelita, Javi y yo vamos a hablar contigo y con papá. Pero no tenéis que preocuparos, ¿vale?, porque Dios va a enderezar una mesa para mí, y cuando vean la mesa enderezada ¡se van a morir de envidia cochina!

UN VERSÍCULO PARA ANTES DE DORMIR

Pero Eliseo le contestó: —Juro por el Señor, y por ti mismo, que no voy a dejarte solo. (2 Reyes 2:2 DHH)

+ Dios pondrá a tu lado personas que, cómo Eliseo le dijo a Elías, te dirán que quieren ser tus amigos. Eso es algo muy bonito.

+ Pero, como le pasó a Ana en su cole, tal vez algunas personas en tu colegio, o en el lugar donde vives, no se porten contigo como tú esperas. Recuerda que Jesús perdonó siempre a los que lo ofendieron.

+ Ahora, si en tu colegio o en otro lugar hay alguna persona que te molesta o trata mal de manera repetida, es importante que hables con tus papás, ellos sabrán muy bien lo que deben hacer.

+ Además de hablar con tus papás, habla con Dios y pídele que te ayude en esos problemitas, y que te ayude también a perdonar a los que se meten contigo.

DÍA 25

Antonio buscó una sombra, y en ella colocó una tumbona con el objetivo de descansar un poco. La excursión al monte y la aventura en el interior de la gruta lo habían dejado agotado.

—Hace demasiado calor —se quejó, al tiempo que se secaba el sudor de la frente con un pañuelo.

Ana y Javi jugaban con Yakob muy cerquita, y lo oyeron quejarse del calor.

—¿Qué te parece si refrescamos a papá un poquito? —dijo Javi a su hermana.

—¿Refrescarlo?, ¿cómo podemos refrescarlo? —quiso saber la niña.

—Pues cómo va a ser —replicó Javi—. Echándole agua por la cabeza.

—¿No se enfadará? —comentó Ana.

—¿Cómo se va a enfadar? —Javi estaba muy seguro de lo que decía—. Al contrario, le encantará y a lo mejor nos hace un regalo y todo.

—¿Un regalo?, ¡qué bien! ¡Vamos a refrescarlo, vamos a refrescarlo!

—¿Quieres ir a la cocina por un frasco con agua? —preguntó Javi.

—¡Vale! —y Ana corrió hacia la casa.

Poco después, regresó con un bote de color oscuro.

—Toma, Javi. Refresca a papá.

Antonio estaba tan agotado que se había quedado dormido y no escuchó cómo Javi se aproximaba por detrás. Con mucho cuidado extendió la mano, y justo cuando inclinaba el bote, la abuela Mercedes asomó por la puerta y gritó:

—¿Alguien ha visto un bote oscuro que dejé en la cocina? ¡Es del aceite usado que utilizo para hacer jabón!

Demasiado tarde… del recipiente Javi ya estaba dejando caer todo su contenido sobre la cabeza de Antonio.

—¡¿Eh?! —el pobre Antonio dio un salto y se puso en pie—. El aceite escurría por su pelo, su cara y luego por su ropa—. ¡¿Qué pasa?! —miraba para todos los lados—. ¿Qué es esto? ¿Quién me ha echado esta guarrería por la cabeza?

La abuela Mercedes, que lo había visto todo, se acercó y regañó a Javi.

—Pero ¿cómo se te ocurre echarle encima ese aceite a tu padre? Además, es el aceite que usé para freír los pimientos de anoche. ¡Ya verás qué olor le va a quedar!

Javi miró a Ana.

—¿Por qué me trajiste esto? Yo te había pedido agua.

—Es que no llegaba al grifo, y vi ese bote que estaba lleno y pensé que sería agua.

El abuelo Tomás acababa de salir, y viendo lo que había ocurrido, no podía dejar de reír. Hasta tuvo que sentarse porque se doblaba de la risa.

—"¡Unges mi cabeza con aceite!" —recitaba fragmentos del Salmo 23, y reía a carcajadas—. "Unges mi cabeza…". Jua, jua, jua…

—¿Qué estás diciendo, papá? —preguntó Antonio, a quien no le hacía ninguna gracia lo que había pasado.

—El Salmo 23… "unges mi cabeza con aceite" —se partía de la risa—. Ahora tú estás ungido con aceite…

UNA ORACIÓN ANTES DE DORMIR

Unges mi cabeza con aceite.   (Salmo 23:5 RVR 60)

+ ¡Madre mía, la que han liado Ana y Javi! Estos chicos son muy traviesos.

+ Pero ¿qué significa eso de ungir con aceite? ¿Sabes que los pastores ungían la cabeza de las ovejitas con un aceite especial? Lo hacían para que los insectos no se acercasen a ellas ni las molestasen.

+ La Biblia dice que Dios, como nuestro pastor, nos cubre con Su Presencia para evitarnos peligros y así cuidarnos. Además, Él nos ayuda para que a nuestra cabeza no lleguen pensamientos malos que nos den miedo o preocupación. Dios hace eso contigo. ¿No crees que es bueno darle las gracias?

+ ¿Qué te parece si haces una oración y les das gracias al Señor por cuidarte tanto?

DÍA 26

Una vez aclarado el asunto del aceite y el agua, Javi y Ana querían que a su papá se le pasase el enfado.

—¿Quieres que te traigamos algo para beber? —le preguntó Javi.

—¡Yo te lo traigo! —se ofreció la niña—, y así te refrescas. Como no hemos podido refrescarte con agua.

—Está bien —admitió Antonio—. Me gustaría un poco de zumo de naranja.

Enseguida estaban los tres sentados en torno a una pequeña mesita redonda que había a la sombra de un árbol.

—¡Yo echaré el zumo! —dijo Ana—. Papá, ¿es verdad que, si te refrescamos, te pondrás muy contento y nos harás un regalo?

—¿Quién te ha dicho eso? —preguntó Antonio.

—Javi —explicó con inocencia la niña—. Cuando me mandó que fuera por agua para refrescarte, me dijo que si te refrescábamos echándote agua por la cabeza te pondrías muy contento y…

—¡Ah! —dijo Antonio, al tiempo que miraba a Javi con bastante enfado—. ¿Así que fue idea tuya?

Javi miró a su hermana con cara de pocos amigos.

—Bueno —concluyó Antonio—. Olvidemos lo del agua y vamos a refrescarnos con zumo.

Ana comenzó a llenar el vaso de su papá, y en ese momento una preciosa mariposa monarca pasó volando delante de ellos.

—¡Qué bonita! —exclamó Ana—. Tiene las alas de color naranja y negro, y ¡qué grande es!

Tan emocionada estaba que se olvidó de que estaba llenando el vaso.

—¡Ana, el zumo se está derramando! —exclamó Antonio.

Para cuando Ana quiso darse cuenta, el zumo se había vertido sobre la mesa, y como estaba inclinada hacia su papá, también los pantalones de Antonio quedaron empapados. Hasta Yakob, que estaba debajo de la mesa, quedó cubierto de zumo y salió corriendo y lloriqueando: ¡Güick, güick…!

—No te preocupes, papá —dijo Ana, queriendo evitar un castigo—. Esto huele mejor que el aceite de los pimientos —se acercó a su padre y aspiró—: Mmm, hueles como una naranja. ¿Ves?, hoy no tendrás que echarte colonia, ¡qué suerte tienes! ¿Verdad que te ayudó un montón? A que estás muy contento conmigo.

Pilar llegaba justo en ese momento, y al verlo no pudo evitar reírse y comentó:

—Bueno, esto también viene en el Salmo del Amigo que nunca falla.

—¿Sí? —pregunto Javi—. ¿También el pastor echaba zumo de naranja sobre las ovejitas?

—No —explicó Pilar—, pero el salmo dice: "Mi copa está rebosando", igual que la copa de papá.

—E igual que mi paciencia —replicó Antonio, mirando a los niños con un poquito de furia—. También mi paciencia está a punto de rebosar.

UN VERSÍCULO ANTES DE DORMIR

Mi copa está rebosando. (Salmo 23:5 RVR 60)

- —Bueno, bueno… parece que Ana y Javi no dejan de meterse en líos, y el pobre Antonio siempre acaba mal parado.

- —Pero la parte del Salmo del Amigo que nunca falla es hoy muy bonita: "Mi copa está rebosando".

✦ —En la antigüedad, cuando alguien realizaba un viaje largo, a veces necesitaba pasar a alguna casa para beber un poco de agua. Debes entender que los viajes eran muy largos, ya que no había coches, ni tren, y que por las calles tampoco había fuentes, como ahora. Por eso era necesario pasar a alguna casa y pedir algo de beber o de comer. Bien, pues la gente estaba obligada a ayudar a los viajeros, a darles un vaso con agua. Algunos que tenían mal humor echaban solo un poquito de agua, para que el visitante se fuera rápido de la casa. Lo que la Biblia nos dice es "MI COPA ESTÁ REBOSANDO"; es decir, cuando nos sentimos cansados del camino y vamos a Dios, Él llena tanto nuestro vaso que hasta se sale por los bordes.

✦ ¿Verdad que es bueno el Señor? Él nos da siempre lo máximo.

DÍA 27

El bien y la misericordia me seguirán todos los días de mi vida, y en
la casa del Señor moraré por largos días.   (Salmos 23:6 LBLA)

—¡Qué pena! —se quejó Ana, mientras volvía a meter todo en su maletita—. ¡Qué rápido se ha pasado el finde!

—Pero lo hemos pasado muy bien, ¿verdad? —le dijo Javi.

—Sí —admitió la niña—. Lo hemos pasado genial.

—¿Está todo listo? —preguntó Antonio—. Vamos a cargar las maletas en el coche y luego a despedirnos de los abuelitos.

Cuando llegaron al salón, encontraron que Mercedes y Tomás tenían un regalito para ellos.

—Toma —le entregó la abuelita a Ana un paquete envuelto con un papel muy bonito.

—Para ti también hay —el abuelito le entregó a Javi un paquete idéntico.

—¿Podemos abrirlo? —preguntaron los niños a sus papás.

—¡Claro que sí! —respondió Antonio.

Desenvolvieron el regalo muy deprisa y….

¡Oooh!

Eran dos ovejitas de peluche muy bonitas.

— ¡Qué suavecita! —Ana la acariciaba con manitas.

—¡Gracias abuelitos! —los abrazó Javi—. ¡Me encanta la ovejita! ¡La cuidaré muy bien!

—Es para que nunca olvidéis las enseñanzas del Salmo 23 —les invitó Mercedes.

—Y para que recordéis que el Buen Pastor os quiere muchísimo y siempre cuida de vosotros —añadió el abuelito Tomás.

—¡Mirad! —Ana abrazó a su ovejita y se colocó debajo del cuadro de la niña y el corderito—. A que somos iguales —dijo.

Y efectivamente lo era, la pose que había adoptado Ana hacía que la niña del cuadro y ella se pareciesen un montón.

—Ya solo me falta tener escritas las palabras del cuadro —comentó—, el Salmo del Amigo que nunca falla.

—Por eso queríamos regalaros también esto —Mercedes y Tomás depositaron una cajita dorada en las manos de Ana y otra igual en la de Javi—. Abridlas, a ver si os gusta —. Los niños las abrieron con mucha curiosidad, y al observar el interior se quedaron con la boca abierta. Dentro había una preciosa y dorada placa y con unas letras grabadas.

—"El Señor es mi pastor…" —comenzó a leer Ana, y entonces exclamó—: ¡está escrito todo el Salmo del Amigo que nunca falla!

—Así nunca lo olvidaréis —dijeron los dos abuelitos a la vez.

—Fíjate en las últimas palabras —comentó Antonio.

—"El bien y la misericordia me seguirán todos los días de mi vida" —comenzó a leer Javi.

—"Y en la casa del Señor moraré por largos días" —concluyó Ana.

—Eso quiere decir —comenzó a explicarles la abuelita Mercedes—, que estéis donde estéis, el bien y la protección de Dios os acompañarán siempre. Y cuando termine aquí vuestro camino, será para llegar a la nueva morada que el Señor tiene preparada para nosotros.

—¡Qué bien! —dijo la niña—. Es decir, que ahora que regresamos a casa, el mismo Buen Pastor que ha estado aquí también nos acompañará.

—Así es —dijeron muy sonrientes los abuelitos—. Y os guardará todos los días de vuestra vida. No temáis, porque Él está con vosotros.

—Nos encantaría estar aquí mucho tiempo más, pero empieza a hacerse de noche —irrumpió el momento Antonio—. Llegó el momento de regresar.

—¡Adiós, abuelitos! —los dos niños abrazaron muy fuerte a Mercedes y a Tomás—. Pero no os olvidéis de que tenéis que ir muy prontito a nuestra casa para contarnos historias, ¿vale?

—De acuerdo, hijos —comentó Tomás—. Ahora mismo me pondré a pensar en nuevas historias para contaros.

—¡Qué Dios os bendiga! —gritó la abuelita cuando ya estaban montados en el coche.

Y de este modo, Ana y Javi regresaron a casa muy, pero que muy contentos, ¿y sabéis lo que hicieron en el camino?

¿Dijiste que dormir?

¡Qué va! Regresaron cantando el Salmo del Amigo que nunca falla, ¡porque Javi le puso música y todo! Y cuando Javi paró un momentito de cantar, Ana levantó la mano y dijo:

—¿Puedo hacer una pregunta?

—Claro —respondió su mamá.

—¿Cuánto queda para llegar?

¡ESTO SE ACABA!

El bien y la misericordia me seguirán todos los días de mi vida, y en la casa del Señor moraré por largos días. (Salmo 23:6 LBLA)

+ Oh, qué lástima. El finde de Javi y Ana se ha terminado, y también nuestro recorrido por el Salmo 23. Espero que lo pasases bien y hayas aprendido muchas cosas.

+ ¿Te imaginas lo que voy a pedirte como despedida? ¡Exacto! Me gustaría mucho saber hasta dónde has sido capaz de memorizar este bonito salmo. A ver, inténtalo…

+ ¡No ha estado nada mal! Mira, como regalo de final de viaje, voy a dejarte este mismo salmo escrito con otras palabras que a lo mejor te resultan más fáciles de aprender. Pero no dejes de intentar memorizarlo, ¿vale?

+ Aquí debajo lo dejo, y ya me despido. Gracias por acompañarme en este emocionante viaje. Te mando un abrazo muy grande y no lo olvides nunca: **DIOS ES EL AMIGO QUE NUNCA FALLA.**

El Señor es mi pastor;
nada me falta.
En verdes praderas me hace descansar,
a las aguas tranquilas me conduce,
me da nuevas fuerzas
y me lleva por caminos rectos,
haciendo honor a su nombre.
Aunque pase por el más oscuro de los valles,
no temeré peligro alguno,
porque tú, Señor, estás conmigo;
tu vara y tu bastón me inspiran confianza.
Me has preparado un banquete
ante los ojos de mis enemigos;
has vertido perfume en mi cabeza,
y has llenado mi copa a rebosar.
Tu bondad y tu amor me acompañan
a lo largo de mis días,
y en tu casa, oh Señor, por siempre viviré.
Salmo 23 (DHH)

DÍA 28

UN TIEMPO ÚNICO E IMPORTANTE EN FAMILIA

Hoy, como cierre al libro **El Amigo que nunca falla**, podemos celebrarlo con un concurso: ¿Quién sabe mejor el Salmo 23?

Ten preparados algunos premios para todo aquel que lo diga de memoria.

- Después podéis tomar un tiempo para orar. No dejaremos de insistir en lo importante que es que los niños aprendan a orar. Guíales en la forma de hacerlo con brevedad y sencillez.

- Pregunta ahora si alguno tiene una necesidad especial de oración. (Uno de los hijos puede tomar nota de las peticiones). Del mismo modo que el pastor cuida a las ovejitas, así también Dios nos cuida a nosotros. Por eso después presentaremos al Señor todas nuestras peticiones.

- Sugerimos que a continuación cada uno de los miembros de la familia comente qué parte del Salmo 23 les ha ayudado más y por qué.

- Por último, ¿qué os parece si entre todos escribís en una postal el Salmo 23? Podéis redactar cada uno una parte, y luego podéis hacer llegar esa postal a alguna persona que esté atravesando dificultades. Es buena idea, ¿verdad? De este modo reforzarás en tus hijos la enseñanza de ser amigo de los demás y ayudar al necesitado.

ACERCA DEL AUTOR

José Luis Navajo es uno de los escritores más prolíficos de este tiempo. Ejerce un dominio inspirador sobre las palabras y les imprime un efecto poderoso, en una narrativa que entretiene e instruye profundamente. Su autoridad y su sabiduría se la confieren más de dos décadas de experiencia como líder, junto a una carrera literaria de más de veinticinco libros publicados, éxitos de ventas y favoritos del mundo hispano. Es un solicitado conferenciante internacional, distinguido por su habilidad de entretejer los temas de la vida. José Luis y su esposa, Gene, llevan casados más de treinta años; tienen dos hijas: Querit y Miriam; y tres nietos: Emma, Ethan y Oliver.